AF197989

Tucholsky Wagner Zola Scott Sydow Freud Schlegel
Turgenev Wallace Fonatne
Twain Walther von der Vogelweide Fouqué Friedrich II. von Preußen
Weber Freiligrath Frey
Fechner Fichte Weiße Rose von Fallersleben Kant Ernst Frommel
Richthofen
Hölderlin
Engels Fielding Eichendorff Tacitus Dumas
Fehrs Faber Flaubert
Eliasberg Ebner Eschenbach
Feuerbach Maximilian I. von Habsburg Fock Eliot Zweig
Ewald Vergil
Goethe Elisabeth von Österreich London
Mendelssohn Balzac Shakespeare Dostojewski Ganghofer
Trackl Lichtenberg Rathenau Doyle Gjellerup
Stevenson Hambruch
Mommsen Tolstoi Lenz Hanrieder Droste-Hülshoff
Thoma
Dach Verne von Arnim Hägele Hauff Humboldt
Reuter Rousseau Hagen
Karrillon Garschin Hauptmann Gautier
Defoe Baudelaire
Damaschke Descartes Hebbel
Hegel Kussmaul Herder
Wolfram von Eschenbach Dickens Schopenhauer Rilke George
Bronner Darwin Melville Grimm Jerome
Campe Horváth Aristoteles Bebel Proust
Bismarck Vigny Voltaire Federer Herodot
Gengenbach Barlach Heine
Storm Casanova Tersteegen Gilm Grillparzer Georgy
Chamberlain Lessing Langbein
Brentano Lafontaine Gryphius
Strachwitz Claudius Schiller Kralik Iffland Sokrates
Katharina II. von Rußland Bellamy Schilling
Gerstäcker Raabe Gibbon Tschechow
Lons Hesse Hoffmann Gogol Wilde Vulpius
Luther Heym Hofmannsthal Klee Hölty Gleim
Roth Morgenstern Goedicke
Luxemburg Heyse Klopstock Puschkin Kleist
Homer Mörike
La Roche Horaz Musil
Machiavelli Kierkegaard Kraft Kraus
Navarra Aurel Musset
Nestroy Marie de France Lamprecht Kind Kirchhoff Hugo Moltke
Laotse Ipsen Liebknecht
Nietzsche Nansen
Marx Ringelnatz
von Ossietzky Lassalle Gorki Klett Leibniz
May vom Stein Lawrence Irving
Petalozzi Knigge
Platon Kafka
Sachs Pückler Michelangelo Kock
Poe Liebermann Korolenko
de Sade Praetorius Mistral Zetkin

Der Verlag tradition aus Hamburg veröffentlicht in der Reihe **TREDITION CLASSICS** Werke aus mehr als zwei Jahrtausenden. Diese waren zu einem Großteil vergriffen oder nur noch antiquarisch erhältlich.

Symbolfigur für **TREDITION CLASSICS** ist Johannes Gutenberg (1400 — 1468), der Erfinder des Buchdrucks mit Metalllettern und der Druckerpresse.

Mit der Buchreihe **TREDITION CLASSICS** verfolgt tradition das Ziel, tausende Klassiker der Weltliteratur verschiedener Sprachen wieder als gedruckte Bücher aufzulegen – und das weltweit!

Die Buchreihe dient zur Bewahrung der Literatur und Förderung der Kultur. Sie trägt so dazu bei, dass viele tausend Werke nicht in Vergessenheit geraten.

Ein sonnenloses Leben

Ottilie Wildermuth

Impressum

Autor: Ottilie Wildermuth
Umschlagkonzept: toepferschumann, Berlin

Verlag: tradition GmbH, Hamburg
ISBN: 978-3-8424-1205-7
Printed in Germany

Text der Originalausgabe

Ottilie Wildermuth

Aus dem Frauenleben. Erster Band.

1862

Ein sonnenloses Leben

Es werden wohl Viele das Leben befragen:
Wo liegt die Oase des Glücks und der Ruh?
Nicht ahnend, daß Leiden und langes Entsagen
Auf mühsamem Wege nur führe dazu.
Drum freut euch, ihr, die ihr entbehrt und gelitten,
Ihr schweigenden Opfer am Lebensaltar,
Die Palme des Glückes, sie wird nur erstritten,
Dann beut sie den Frieden des Himmels euch dar.

Agnes Franz.

*

Die Blume ringt nach Sonnenschein und das Menschenherz nach Freude. Wie die Blumen für die Sonne, so sind wir zum Glück, zu reinem vollkommenem Glück erschaffen; dies Bewußtsein, dies Gefühl eines heiligen Unrechts erbt sich fort und hat sich fortgeerbt seit Jahrtausenden, auf einer Erde, die noch nie ein ganz vollkommenes Glück gekannt hat.

Und neben diesem ruhelosen, berechtigten Verlangen nach Glück, steht die Schrift, die ihre seligsten Verheißungen an das Leid knüpft, so oft, so klar und entschieden, daß man sich fürchten sollte vor dem Tropfen Glück und Wohlergehen, der uns etwa zugetheilt ist.

Der Glaube löst diesen Widerspruch einfach: über der Erde, deren Mängel und Prüfungen uns läutern, uns erst fähig machen sollen für das rechte Glück, zeigt er uns eine Heimath voll Frieden und Seligkeit, in der das tiefste Sehnen volle, reiche Befriedigung findet.

Wie aber hienieden die Sonne über Berg und Thal scheint, so ist gewiß auch hier schon jedem Herzen ein Maß von Glück und Freude beschieden. Arme und Unglückliche sehen so gerne Mangel oder Leid schlechtweg für einen Hauptschlüssel zur Himmelsthür an; sie bedenken nicht, daß ihr Unglück sie noch gar nicht geläutert hat, wenn sie nicht gelernt haben, die kleinsten Sonnenblicke des Lebens zu finden und zu fühlen; wer hier nicht gelernt hat, sich zu freuen, der bringt wohl kaum ein Herz hinüber, das der ewigen Freude fähig ist. Aber es ist oft schwer, zum Lichte zu dringen; nicht alle Blumen sind in sonnige Beete gepflanzt.

*

Ein sonnenloses Beet war es denn auch, in dem eine bleiche Blume erblühte, die nicht zur Freude bestimmt schien.

In einem Hinterhaus eines engen schmutzigen Gäßchens, dem man nicht ansah, daß es zu einer ziemlich angesehenen Handelsstadt gehörte, wohnte ein ehemaliger Beamter, nun Winkeladvokat im vollsten Sinne des Worts. Er war hieher gezogen, nachdem er eine Strafe wegen unredlicher Amtsführung erstanden hatte, und lebte nun von kleinen Schreibereigeschäften, wie sie sich eben noch finden wollten für einen Mann befleckten Namens.

Sprößer, so hieß er, war müde geworden, über die Ursachen seines Unglücks, wie er es nannte, zu brüten, die er in allem, nur nicht in sich selbst suchte. Das Bedürfniß nach Erholung, nach Zerstreuung seiner quälenden Gedanken an Einst und Jetzt, suchte er in Gesellschaften zu befriedigen, wo er sich nicht zu schämen brauchte, ja, wo er sich noch eine Art von Ansehen geben konnte: unter liederlichen Familienvätern, verdorbenen Handlungsdienern und bankerotten Kaufleuten, wo Jeder in der Erbärmlichkeit des Andern den wirksamsten Trost für seine eigne fand. Das war Bertha's Vater; um das Wesen ihrer Mutter begreiflich zu machen, muß ich mit der Großmutter beginnen. Die war einst ein schönes, stolzes Bauernmädchen gewesen, eine reiche Erbin, der Schmuck des Dorfes, umworben von Müllern, Hofbauern, kurz allen ländlichen Größen der Umgegend. Unter diese Bewerber, für deren keinen sich noch die schmucke Annemarie entschieden hatte, trat plötzlich der junge

Dorn, ein gebildeter Landwirth, der sich in der Nachbarschaft an-
kaufen wollte. Er hatte schon in verschiedenen Fakultäten ein theu-
res, erfolgloses Lehrgeld bezahlt, eh er beschlossen, zur Mutter Erde
zurückzukehren und seinen Kohl zu bauen; er war ein schöner
Mann, trug einen polnischen Rock und einen großen schwarzen
Bart und hatte freie gewinnende Manieren, die in allen Kreisen sein
Glück machten.

Wenn er um Annemarie warb, so waren es nicht materielle
Gründe allein: er fand wirkliches Wohlgefallen an dem hübschen,
frischen Mädchen, er fand Reiz darin, ihre zahlreichen ländlichen
Bewerber aus dem Feld zu schlagen, und er freute sich des idealen
Plans, sie zu sich heranzubilden. Unmöglich schien das gar nicht,
sie war ein gescheidtes Mädchen und versicherte ihn, daß sie »auch
gern in den Büchern lese.« So hatte er ihr denn alle Abend aus dem
Schiller vorgelesen, unbeirrt davon, daß sie alle Abende regelmäßig
dabei fest einschlief; nur als sie der Frau Pfarrerin erzählte, ihr
Mann lese ihr so eine schöne Geschichte vor, sie heiße Karl Moor,
man wisse aber nicht, ob man dabei lachen oder heulen soll, es
werde wahrscheinlich verlogen sein, dachte er, er wolle lieber mit
Vorlesen inne halten und ihr selbst das Lesen überlassen. Er schenkte ihr Körners Werke und freute sich ein halb Jahr darauf, sie einmal
mit dem Buche zu treffen. »Was lesen Sie Schönes, Frau Nachbarin?« fragte der miteintretende Pfarrer, »was für ein Werk haben Sie
da?« »Lebensumstände,« antwortete sie mit großer Bestimmtheit.
»Lebensumstände?« fragte der Pfarrer und nahm das Buch in die
Hand. Ja so! da stand auf den ersten zwei Seiten: Lebensumstände
Theodor Körners, und darüber hinaus hatte die gute Frau noch
nicht gesehen.

Dorn gab die Bildungsversuche auf und ließ Annemarie schalten
und walten und regieren in Hof und Haus; das war ihr Element und
sie befanden sich Beide trefflich dabei. Die praktische Einsicht der
Frau machte gar oft gut, was seine theoretische Weisheit beinahe
verdorben hätte: suchte er in Gesellschaft, die sie jedoch selten be-
suchte, die Lücken ihrer Bildung zu decken, so rettete sie ihn durch
kluges Dazwischentreten gar oft vor dem Spott des Gesindes, wenn
er wieder etwas Verkehrtes »aus dem Büchle« anordnete, wie sie's
nannten.

Für die Landwirthschaft war sie entschieden tauglicher als er. Wenn er die ersten Lenzdüfte athmete und seinen Uhland und Kerner holte um in Frühlingsliedern zu schwelgen, so dachte sie an's Düngerspreiten; als er einst seine Arbeiter beaufsichtigen wollte, dabei zum Divertissement auf dem Weg die Guitarre mitnahm, und so gleich einem Troubadour die Wiese betrat, traf er seine Frau aufgeschürzt inmitten der Leute stehend und in Arbeit, nicht wie eine idyllische Schäferin, sondern wie eine tüchtige Magd.

Uebrigens respektirte sie seine Bildung und er ihre praktische Einsicht, eines fügte sich in's andre, gab nach oder ließ gewähren, und so gab es eine friedfertige Ehe, wie es viele gibt, in der Jedes seinen eigenen Weg geht, wo aber ein tieferes Verstehen unmöglich ist. Das eine Bindemittel, das auch die verschiedensten Bildungsstufen ausgleicht, ein gemeinsamer Glaube, fehlte diesem Bund; der angelernte Glaube der Väter wurde bei ihr nicht zum Leben, und er hatte sich eine Art bequemer Studentenreligion zurecht gestutzt.

Aus dieser Ehe stammte ein Sohn, der frühe starb und eine einzige Tochter, die wir als Frau Sprösser in so trauriger Lage wiederfinden. Der Vater, der doch zu Zeiten die Lücken seiner Ehe schmerzlich empfand, wollte an der Tochter hereinbringen, was er an der Mutter vermißte, und sparte nichts an des Töchterleins Erziehung. Eine französische Gouvernante mußte in's Haus, sobald das Kind lesen lernte; das war eine höchst unbequeme Sache für die Mutter, da die Demoiselle eben keine Sylbe verstand, so laut sie auch an sie hinschrie. Sie ließ sie ihrer Wege gehen und so bildete die Kleine mit ihrer Bonne bald einen eignen Staat im Haus, in den allenfalls der Vater noch aufgenommen wurde; alle Fäden aber, die Mutter und Kind zusammenknüpfen, brachen allmählich, und die Tochter blieb von zarter Jugend an mit ihren Pflichten und Interessen dem Vaterhause gänzlich fremd. Auch mit ihren Freuden, denn die Bonne verstand es nicht, das Kind für die einfachen Genüsse des Landlebens empfänglich zu erhalten. So oft es möglich war, führte man sie zur Stadt, ins Theater, in Konzerte, und als sie gar im siebzehnten Jahr aus einer französischen Pension zurückkam, wo ihre Bildung vollendet worden, da mußte sich die gute Mutter oft besinnen, ob das in Wahrheit ihre Tochter sei, und die einfachste Anerkennung des kindlichen Verhältnisses nahm bei Karolinen das Ansehen einer gewissen Herablassung an. In des Hauses untern Räu-

men da schaffte und wirkte die Mutter im Schweiß ihres Angesichts, kochte für die Taglöhner, versah die Arbeit der Mägde, wenn
sie auf dem Felde waren; oben aber war hinter gemalten Rouleaux
das Zimmer des Fräuleins, wo sie unter Büchern, Musikalien und
Stickereien die Zeit hinbrachte, bis die Stille des Landhauses durch
einen Besuch aus der Stadt unterbrochen wurde. Dann hatte die
Mutter wieder zu rennen mit der Bewirthung:»nicht wahr, Mutter,
du sorgst bald für den Kaffee, und machst ihn recht stark und ohne
Cichorie, und nicht wahr, Mutter, du läßt das Gouté in die Laube
bringen und läßt Lene geschwind noch buttern, und Johann darf
doch bälder heim vom Feld und die Gäste heimführen?« So bat und
kommandirte das Fräulein, ohne Ahnung, daß *sie* die Mutter zur
Magd mache, der sie in Liebe hätte dienen sollen.

Karoline war eben nicht verbildet, sie hatte kein schlechtes Herz,
aber sie war all ihr Leben lang gewöhnt worden, ihr eigner Mittel-
punkt zu sein; außer ihren Lehrstunden, die sich doch auch wieder
nur auf sie selbst bezogen, hatte sie kein »Muß« gekannt, und we-
der im Ernst der Pflichterfüllung, noch in dienender Liebe waren
ihre Kräfte geübt worden.

Die Mutter empfand das oft schmerzlich, ohne sich klar darüber
zu werden; die Entfernung vom Gatten hatte sie nie so schwer emp-
funden, wie die Kluft, die sie von ihrem Kinde trennte. In diesem
stillen Herzeleid, das niemand bei ihr ahnte, und dem sie keinen
Ausdruck geben konnte, hatte sie endlich gelernt Trost zu suchen
bei dem, der keinen Unterschied der Bildung kennt, der den Einfältigen offenbart, was den Weisen und Klugen verborgen bleibt, und
sie hatte ihn gefunden. Das wäre nun ein neues Band gewesen an
ihres Kindes Herz; aber sie wußte nicht, wo und wie sie es anknüpfen konnte, und die herzlichen Ermahnungen, zu denen sie hie und
da den Muth faßte, nahm Karoline ziemlich geduldig und gleich-
müthig auf; man konnte deutlich auf ihrem hübschen Gesichtchen
den Gedanken lesen: man muß die gute Frau reden lassen.

So blieb Karoline ein Gast im Vaterhause, und wie alle selbstsüch-
tigen Gemüther war sie nie befriedigt, trotz aller Opfer, die ihr gebracht wurden. Die Landwirthschaft war ihr ein Greuel, ein Leben,
wie es ihre Mutter führte, dünkte ihr eine halbe Hölle, denn so viel
begriff sie doch, daß die Frau eines Landwirths nicht so ganz die

Dame spielen darf, wie allenfalls seine Tochter. So nahm sie mit Freuden die Hand des Herrn Spröfor's an, der nach einem Garçonleben voll üppiger Genüsse sich endlich herabließ, eine Ehe zu schließen, die ihm die Aussicht gab, alle sonstigen Comforts nun mit einer hübschen, jungen Frau zu genießen.

Nicht einmal dies Ereigniß führte das Kind an's Mutterherz; man hatte freilich die Mutter zu Rathe gezogen, aber wenig Gewicht auf ihr Urtheil gelegt. »Er ist ein gar sauberer Mann,« meinte sie, »und so eine schöne Größe! aber ich habe ihn nie in der Kirche gesehen; weißt du denn auch, Karoline, ob er dir mit redlichem Herzen helfen will den Weg zum Himmel zu suchen?« – »Der ist ziemlich klar, Mutter,« meinte Karoline mit großer Bestimmtheit; »und nach dem Kirchgehen läßt sich die Frömmigkeit gar nicht bemessen, es gibt eine religiöse Anschauung, die weit höher steht.« »Aber ich meine,« begann schon etwas eingeschüchtert die Mutter, »ein Beamter sollte schon wegen dem guten Beispiel fleißig zur Kirche gehen,....« – »Aus bloßer Condescendenz ginge Ferdinand vollends gar nicht!« fuhr Karoline auf, »das wäre erst Entweihung!« Nun wußte die Mutter nicht, was Condescendenz sei, und war darum lieber still. Kurz, die Heirath wurde geschlossen; Herr Spröfor war ganz charmant gegen die Schwiegermama, so charmant, daß ihr immer dabei ein innerer Aerger aufkochte, sie wußte selbst nicht warum, weßhalb sie ihm stets kurze trockne Antworten gab. Er brachte ihr ein farbiges Seidenkleid und Karoline selbst machte ihr eine Blondenhaube auf die Hochzeit, damit waren gewiß alle Pflichten gegen die »gute Frau« erfüllt, die sich fast keine Ruhe mehr gönnte und Tag und Nacht zwischen Leinwandballen und Näherinnen waltete, tief betrübt, wenn ihre langgesparten Schätze oft erst nicht fein und schön genug gefunden wurden. Daß sie Sopha und Sessel aus der Meubleshandlung kaufen sollte, wo kein Mensch wisse, was darin sei, anstatt einen Sattler mit sechs Gesellen in's Haus zu nehmen, dem man doch auch auf die Finger sehen konnte, das war ihr in der That eine schwere Prüfung, doch schickte sie sich d'rein, wie sie sich in vieles geschickt hatte.

Am Hochzeitmorgen wallte ihr Mutterherz über und sie schlich in ihrer Tochter Zimmer; nur Einmal wollte sie mit ihrem Kinde beten. Das Zimmer war leer, Karoline war im Alkoven, die duftigen Brautgewänder mit Schleier und Myrthenkranz waren malerisch ausgebreitet, auf dem Fenster am Tischchen lag ein aufgeschlagenes Gebetbuch, die Mutter sah hinein: *prière d'une jeune mariée*, stand oben also französisch! nicht einmal Ein Gebet sollte sie mit ihrem Kinde haben! Sie brach in Thränen aus, und sie war sonst nicht von den Thränenreichen. Karoline kam erstaunt und erschrocken heraus: »was hast Du denn, Mutter?« – »Ach, Karoline, bete nur einmal ein Vaterunser mit mir, das wirst du doch deutsch können.« Und Karoline betete mit ihr und weinte mit ihr; zum erstenmal ging ihr eine Ahnung auf von dem, was ein Mutterherz ist, auch wenn es sich nicht in Gedichten ausspricht. Und doch konnte diesmal das feinfühlende Fräulein, dessen Empfindungen im Institut ausgebildet waren und das ein Tagebuch führte so reich an Gefühlen, daß man es in einem Almanach hätte drucken können, nicht alles begreifen, was in der Seele ihrer einfachen Mutter vorging.

Noch eine Freude erlebte die Mutter, als ihr ein Enkelkind geboren wurde. Es war eine Wärterin bestellt, aber die Mutter hatte keine Ruhe, als das große Ereigniß nahe war: »ich habe zu schaffen, aber du könntest heut in die Stadt,« sagte sie in den letzten Wochen fast jeden Tag zu ihrem Mann, der sich das nie zweimal sagen ließ. Als er nun eines Abends spät Kunde brachte, daß der Enkel wohl bald erscheinen werde, da machte sie sich ungesäumt auf; »die Pferde sind müd, ich geh zu Fuß hinein, die Leute wissen schon, was morgen zu thun ist,« und so schritt sie durch die tiefe Nacht rüstig voran.

In dieser Nacht erfuhr Karoline, was eine Mutter ist, und von da an war das Verhältniß ein andres. Tief schnitt es ihr ins Herz, als die Mutter einst zu ihr sagte: »nicht wahr, jetzt läßt du mir das Kind recht oft, weißt, in den ersten Jahren da kann ich ja nichts an ihm verderben, nachher, wenn es gebildet werden soll, da weiß ich wohl, daß ich's nimmer oft haben kann.« Die gute Ahne fühlte jetzt selbst, daß sie in den ersten Jahren aus Uebergeschäftigkeit ihres eigenen Kindes sich zu wenig gefreut, und dadurch versäumt hatte, die tiefe gegenseitige Liebe zu pflegen, die wohl später auch die Bildungsperiode der Tochter überdauert hätte.

An dem Enkeltöchterlein holte sie das Versäumte reichlich ein: wenn das kam, hatte sie immer Zeit übrig, es zu hätscheln, zu tragen, zu führen, und die Tochter ließ sie gewähren; nur gegen die

Massen Zuckerbrod, die dem Kindlein zugestopft wurden, legte sie Protest ein. Es war der Ahne glückseligster Tag seit ihrem ersten Brautmorgen, als die kleine Bertha von der Mutter weg die Aermchen nach ihr streckte und rief: »Ahne bleiba« (bleiben).

Der Ehestand der Tochter hatte trotz des sentimentalen Tagebuchs, das ihm voranging, wenig Poetisches. Spößer war durch und durch ein Welt- und Lebemann: er brachte die nöthige Zeit auf seiner Kanzlei zu, den Abend im Wirthshaus, kam aber zu Mittag- und Abendessen pünktlich nach Hause, und lebte überhaupt regelmäßig; nur wenn einmal zu Hause schlecht gekocht war oder die Speise nicht nach seinem Geschmack, so holte er das Versäumte reichlich im Gasthof ein.

Dieser letzte Fall trat nun freilich hie und da ein, da Karoline sich zu Haus blutwenig um die Küche bekümmert hatte. Sie hatte sich damit getröstet, daß die etwas rauhe und massenhafte Kost, wie sie gewöhnlich daheim bereitet wurde, doch nicht für ihre spätern Verhältnisse tauge, und daß sie das Nöthige einmal ganz leicht einholen könne in unserer Zeit, die so reich an Haushaltungsbüchern ist und die bis auf's Haar hinaus Anweisung gibt, wie man es anzugreifen habe, um Mann und Haus zu beglücken. Die Mutter hatte es freilich einmal durchsetzen wollen, daß die Tochter in der Küche angreifen lerne; als aber Karoline in Halbhandschuhen und einem festonirten Kochschürzchen in der Küche erschien und nach der Magd rief, so oft ein Töpfchen zu heben war, so war sie am Ende seelenfroh, als ihr gebildetes Töchterlein wieder abzog und sie allein schalten ließ. Von jenen ersten Versuchen an hatten sich Karolinens häusliche Leistungen darauf beschränkt, daß sie für sich und den Vater den Morgenkaffee in der Maschine machte, wenn die Mutter lange schon mit dem Gesinde Suppe gegessen hatte.

Im Ehstand ging das etwas anders. Der Gemahl war nicht so nachsichtig wie die Mutter und wollte sich mit dem Seufzen über die schlechte Köchin nicht immer abspeisen lassen. Karoline liebte den Frieden und als er einmal die Gans, die zum drittenmal mehr gesotten als gebraten auf den Tisch kam, im Aerger zum Fenster hinauswarf, und statt ihre Thränen darüber zu trocknen, eine Jagdparthie machte, da fing sie an ihre schöngebundenen Kochbücher noch eifriger zu studiren als ihre französischen Romane, aber ohne großen Erfolg.

Solche stürmische Scenen waren übrigens selten, beide Gatten befanden sich beim Frieden besser, nur nahm sich keines von beiden Zeit, diesen Spaltungen auf den Grund zu gehen; man grub kein Unkraut mit der Wurzel aus, man riß es eben ab und säte Sommerpflanzen in den Boden, – das gibt einen öden Herbst.

Sprößer hielt es für das Vorrecht eines gebildeten Mannes, in Religionssachen seinen eigenen Weg zu gehen. Er ging am Neujahr und an des Königs Geburtstag in die Kirche, wohl auch in der Passionswoche, wo er mit seiner Frau zum Abendmahl ging. Karoline ging ziemlich regelmäßig, wenn es nicht eben zu kalt oder zu warm oder zu schmutzig war, wenn sie nicht einen Kuchen in den Backofen besorgen mußte oder nicht schon Morgens eine kleine Lustfahrt mit ihrem Manne antrat. Sprößer billigte das: »ich habe gar nichts dagegen, wenn die Frauen religiös sind, im Gegentheil.« Nach der Kirche hatte sie eine Runde von Besuchen zu machen, Nachmittags machte man einen gemeinsamen Spaziergang oder eine Ausfahrt über Land. Das war die Sonntagsfeier Jahr aus, Jahr ein; wo soll eine Seele, wo soll ein Haus Ruhe finden, das sich den Ruhetag des Herrn nicht gönnt?

Mit dem Geld, diesem leidigen Dämon des Hauswesens, dessen wir Herr werden müssen, wenn es nicht uns in schmähliche Knechtschaft bringen soll, hatte Karoline nie umgehen lernen. Der Haushalt im Elternhaus war ihr fremd geblieben. Sie hatte nie die Freude der Mutter begriffen, wenn diese zu einer außerordentlichen Ausgabe einen verborgenen Schatz aufthun konnte, den sie aus Flachs und Hanf, aus seltnen Gemüsen oder aus sonst einem Nebenzweig der Haushaltung in der Stille ersammelt hatte. Ihr monatliches Taschengeld hatte sie gewöhnlich in den ersten acht Tagen ausgegeben und hatte sich dann die übrige Zeit mit außerordentlichen Beiträgen beholfen; sie war gewiß, das Kind reicher Eltern zu sein; woher das Geld kam, darum bekümmerte sie sich nicht im Mindesten.

Mit dieser Unbekümmertheit trat sie in die Ehe; sie wußte wohl, daß ihr Mann nicht reich war, aber sein Einkommen war gut, und »eine Besoldung« hatte selbst die Mutter von jeher als die beste

Bürgschaft eines sichern Wohlstandes respektirt. Ihr Vater konnte, wie er sagte, keine große Summe zur Mitgabe aus dem Betrieb ziehen, versprach aber jährliche Beiträge; mit Gemüse, Butter, Schmalz und all dergleichen versah sie die Mutter, so schien's ein Spaß, hauszuhalten und eine gute Weile lebten sie nach dem Sprüchwort: »wie Vögel im Hanfsamen.« Allmählich fanden sie aber Beide, daß Haushalten eben doch Geld kostet, selbst mit so wesentlichem Zuschuß. Was ihr Mann hatte, was er einnahm, das erfuhr Karoline nie, sie hatte das unbestimmte Gefühl, es müsse eben immer Geld da sein. Dem Manne fiel es gar nicht ein, sie darüber in's Klare zu setzen, er nahm vorweg an, daß die Frauen zu viel Geld brauchen, so lang sie welches haben, daher gab er ihr stets nur ganz kleine Summen in die Hand und murrte und bruttelte jeder Zeit, wenn sie damit zu Ende war, ohne je ihre ziemlich regellosen Rechnungen genau zu prüfen. Karoline, wie schon gesagt, liebte den Frieden, und schob deshalb den verdrießlichen Moment des Geldforderns so lange als immer möglich hinaus. Um dies zu können, behalf sie sich wie sie konnte: der Mutter Privatkasse mußte gar oft aushelfen, aber die wurde in letzter Zeit so häufig vom Vater geleert, daß sie nie mehr zu Kräften kommen konnte. Da lernte denn die arme Karoline, was Geldnoth sei; tagelang ging sie in äußerster Verlegenheit umher, ihr Grundgedanke war bei allem fortwährend: »wenn ich nur Geld hätte!« Sie plünderte alle Käßchen, die sie sich etwa zu besondern Zwecken angelegt, suchte in allen Taschen und Schiebladen, wo sich jemals Geld befunden hatte, borgte zuletzt von der Magd. Wo es immer anging, wurden Vorräthe auf Rechnung genommen und natürlich in größern Massen, damit es eh' der Mühe werth sei. Kamen dann einesmals diese verborgnen Schulden zu Tage, so gab's ein Hauptdonnerwetter bei dem Manne, das Karoline mit gesenktem Haupt und einer Armensündermiene, je und je mit einem Thränenstrom über sich ergehen ließ, wenn sie sich nicht dagegen empörte und auch ihre Rechte mit geläufiger Zunge vertheidigte. Die Rechnungen wurden endlich bezahlt, die geplünderten Käßchen wieder gefüllt, der Mann warf ihr wohl auch im Verdruß eine größere Summe hin: »das sollte aber für eine Weile reichen.« Nun war wieder heller Himmel, Karoline hüpfte die Treppe hinab und lud auf den nächsten Tag eine langgesparte Visite ein, auch schärfte sie der Magd ein: »Katharine, daß sie mir gleich alles pünktlich bezahlt,« und so gings eine Weile in schönstem Frieden, bis der alte Jammer wieder anging. Sich wirklich und eigentlich einzuschränken, fiel demungeachtet Karolinen gar nie ernstlich ein. Ihr Mann rauchte die theuersten Cigarren, trank die besten Weine, trug die feinsten Kleider, machte die kostspieligsten Parthien; warum sollte sie sich etwas abgehen lassen? »Da wäre ich doch einfältig, wenn ich's mir abdarben wollte; was eine Frau ersparen kann, ist ja ohnehin nicht der Mühe werth!« Wenn sie sich ein Atlaßkleid kaufte, so kostete das ja nicht halb so viel, als Sprößers neuer Pelzrock; um eine Jagdfahrt, die er machte, konnte sie sechs Visiten halten, und wenn er allein eine Reise machte, um sich's auch einmal wieder recht wohl sein zu lassen, so konnte er sie nur mit den kostbarsten mitgebrachten Geschenken versöhnen. Man kann gar weit kommen mit dieser Art von doppelter Buchhaltung.

Für die Großmutter war es ein harter Schlag, als Sprößer in eine entfernte größere Stadt versetzt wurde, so lieb dies ihm und Karolinen war. Glückselig machte sie's, daß ihr das Enkelein über die Unruhen des Zugs und der ersten Einrichtung übergeben wurde; sie schwelgte in dem Mutterglück, das sie nie voll genossen, und wenn sie stundenlang sich müde getragen und gespielt hatte mit dem etwas begehrlichen Kinde und seine hellen Aeuglein freundlich auf ihr ruhten, so sagte sie mit nassem Blick: »gelt, du magst mich? gelt, dir ist die Ahne nicht zu dumm?«

*

Noch eh das Töchterlein den Eltern zurückgegeben wurde, starb Dorn schnell, unvorhergesehen, und in dem gewaltigen Leid, das ein so plötzlicher Tod stets mit sich führt, empfand Annemarie, was ihr in langen Jahren der Ruhe und des Beisammenlebens so selten zum Bewußtsein gekommen: daß Mann und Weib Eines sind. Sie dachte nimmer an die Verkühlung, die so frühe eingetreten, an die innerliche Geringschätzung ihres Mannes, die sie bei aller »guten Behandlung« wohl herausgefühlt, sie sah nur wieder den stattlichen schönen Mann, wie er damals auf den Tanzboden getreten war und sie zur beneideten Königin gemacht hatte, sie dachte des kurzen Frühlings, wo er unter Lust und Lachen ihr ungelenker Schüler in der Feldarbeit gewesen war; und ihre heißen Thränen wuschen jedes Andenken an seine Fehler aus.

Der Schlag war in seinen Folgen schwerer als sie gedacht. So treulich sie des Haushalts Mühen und Lasten mit ihm, ja für ihn getragen, ihr Mann hatte ihr doch nie seine Verhältnisse ganz offen dargelegt, sie sollte ja nicht glauben, daß er ihr seine Existenz verdanke; eine ungebildete Frau würde dies auf unzarte Weise fühlen lassen, dachte er, und verbarg ihr sorgfältig den wahren Stand der Dinge und seine eignen Ausgaben, verbarg ihr, zu welch hohem Preis er das Gut übernommen und wie schnell stets die größern Einnahmen verschwunden waren. Sie hatte allerdings oft darnach gefragt, war aber stets mit dem Bescheid abgefertigt worden: »in Staatsobligationen angelegt.« Das klang ihr so fremdartig und geschäftsmäßig, daß sie keine Einrede mehr wagte.

Nun aber stand Alles anders. Die gerühmten Staatsobligationen wollten sich nirgends finden, dagegen Schulden jeder Art, ein untergrabener Boden, wo sie geglaubt hatte auf felsenfestem Grund zu stehen. Verargt es der ehrbaren Bauerstochter nicht, wenn sie dieser zweite Schlag so schwer traf, wenn nicht schwerer, als der erste. Die gebildete Klasse, mit wenigen Ausnahmen, sieht den Besitz als Mittel zum Genuß an, welcher Art nun dieser Genuß sein möge. Dem Bauern dient der Besitz nicht zum Genuß, er ist von den Eltern mit schwerer Arbeit erworben und wird von ihm mit saurer Mühe erhalten, er ist ein unlösbarer Theil seiner Existenz, und Armuth und Liederlichkeit fallen ihm fast in einen Begriff zusammen. Daher hat auch das Dorf seine schroffere Aristokratie, und die Kluft zwischen einer Comtesse und einem Landpfarrer ist in unsern Tagen kaum mehr so groß, als die zwischen einer reichen Bauerntochter und einem armen Knecht, oder umgekehrt.

Wir halten den vermögenden Bauern oft für hartherzig gegen die Armuth, weil er, wenn er auch den Bettler nicht abweist, doch nicht so von Mitleid zerflossen, nicht so bereit zu Sammlungen und Beiträgen ist, wie wir. Wir bedenken nicht, daß sein Leben viel ärmer an Genüssen ist als unsres, daß gerade der Reichere angestrengt und buchstäblich im Schweiß des Angesichts arbeiten muß, während er den Armen müßig laufen sieht, und viel besser als wir einsieht, wie häufig die Armuth eine verschuldete ist. Es herrschen noch schöne milde Sitten auf dem Lande, z. B. das Speisen armer Kinder, die aus allen Gegenden zum Aehrenlesen kommen, das willige Beherbergen obdachloser Wanderer; Sitten, die zeigen, daß diese Schwerfälligkeit zum Geben in unsrem Styl nicht eben Hartherzigkeit ist.

Die arme Annemarie war wie niedergedonnert von der Einsicht in ihre Angelegenheiten, mehr noch Herr Sprößer, der Tochtermann, der sich viel bittrer in seinen Erwartungen getäuscht sah. Doch fand er bald einen Ausweg: »Sie sprechen Ihre weiblichen Rechte an, Frau Mama, Sie ziehen Ihr ganzes Beibringen weg, und das ist immer noch etwas Erkleckliches.« »Und die Schulden?« fragte die tiefgebeugte Frau. »Je nun,« meinte der Tochtermann achselzuckend, »über die Verlassenschaft wird Conkurs erklärt, eine unangenehme Maßregel freilich, kommt aber in neuerer Zeit öfters vor; die Gläubiger müssen sich mit dem begnügen, was nach Abzug Ihrer Ansprüche noch übrig bleibt, das ist ganz gesetzlich, Sie haben ja keine einzige Schuld mit unterschrieben.« »Der Conkurs erklärt, was ist dann das?« Herr Sprößer erklärte es. Da richtete sich die Mutter auf: »So meinen Sie, ich lasse meinem Mann unter dem Boden verganten? nun und nimmermehr! Er hat nicht schön an mir gehandelt, aber sein Weib bin ich und seinen Namen behalte ich, und das soll ein ehrlicher Name bleiben, so lange ich einen Kreuzer habe.« Bei diesem Bescheid blieb es, wie sehr auch der gebildete Tochtermann dagegen eiferte und zuletzt wüthete. Wie viel freilich für ihn auf dem Spiel stand, das konnte er sich nicht überwinden, der geringgeschätzten Schwiegermutter zu gestehen.

»Jetzt muß ernstlich eingezogen werden,« sagte er zu seiner tiefgebeugten Frau. »Ganz recht; aber wie?« das ist die schwere Frage. Karoline wollte erst einmal zusehen, wie es ihr Mann mit dem Einziehen angreife. Nun, den täglichen Wirthshausbesuch konnte er nicht unterlassen, was würden die Leute sagen? zudem war das ein Bagatell! das Reitpferd abschaffen? das ging wieder nicht, es macht einen gar schlechten Eindruck, wenn ein Beamter zu Fuß auswärtige Geschäfte in Amtsorten abmacht, und ein ordentliches Miethpferd ist nicht im Orte zu haben, zudem kostet ein Pferd nimmer so viel, wenn man einmal darauf eingerichtet ist. In ähnlicher Weise ging es mit Karolinens Ersparnißversuchen; sie sah abermals nicht ein, warum sie sich's »abdarben« solle, um so weniger, als ihre Ausgaben ja ohnehin Kleinigkeiten waren. Sprach sie sich bei vertrauten Freundinnen etwas besorgt und bekümmert über den Geldpunkt aus, so waren die bald mit Trost bei der Hand:

ach, wie magst du dich das anfechten lassen! bei einem schönen Einkommen wie das Eurige und einem einzigen Kinde, da hat es ja gar keine Gefahr!« und Karoline glaubte das so gern und sah nicht, wie die Freundinnen hinterher den Kopf schüttelten: »ja, das weiß kein Mensch, wie's gehen kann!«

Ach, eine Falschheit dieser Art ist im täglichen Leben häufig, und sonst redliche Gemüther machen sich deren schuldig. Man folgt dem unwillkürlichen Drang zu trösten, zu beruhigen, man scheut sich, zu verletzen, und gibt flache Trostgründe, an die man selbst nicht glaubt, man sagt dem halb Ruinirten: »o, mit dir steht's noch gar nicht schlimm!« dem schwer Kranken: »ach, du kannst gar leicht wieder gesund werden,« und wiegt so in Sicherheit, wo man wecken sollte. Es geschieht oft aus Gutmüthigkeit, aber nicht immer. Oft ist es die leise, unbewußte Schadenfreude, die selbst ein sonst gutes Gemüth bei häuslichen Verdrießlichkeiten und pekuniärem Mißgeschick Andrer empfindet, und die wir durch oberflächliches Trösten zu vergüten, uns selbst und Andern zu verbergen suchen. Rechte Liebe aber muß wahr sein bis zum Grunde; sie ist langmüthig und freundlich, darum kann sie nicht verletzen und muß segnen, selbst wo sie weh thut. Solche Liebe hat die arme Karoline nicht gefunden; bei der Mutter allein floß ihr heiliger Quell, unverschüttet und ungetrübt, da hätte sie Wahrheit gehört; aber wie konnte die gute Frau urtheilen über Verhältnisse, die ihr ganz fremd waren? zudem hatte sie sich von ihrem Mann gegen die Mutter verbittern lassen: sie, die einst als Mädchen in so edlen Gefühlen geschwelgt, grollte nun der Mutter, weil sie mit eigner Aufopferung ihres Vaters Namen unbefleckt erhalten hatte!

*

Wenn ein Wagen bergab rollt, geht es rasch und immer rascher. Sprößer hatte schon vor seiner Verheirathung in Hoffnung auf den vermeintlichen Reichthum seiner Frau alle Schulden verschwiegen, später neue gemacht, zuletzt aus seinen Kassen entlehnt. Nach zwei Jahren wurde eine Untersuchung über ihn verhängt, und ihr Resultat war – eine Verurtheilung auf sechs Jahre in eine Strafanstalt.

Ein Selbstmordversuch mißlang ihm, zu einem zweiten fand er den Muth nicht mehr; seine Grundsätze hätten ihn nicht davon abgehalten.

Wer will den namenlosen stumpfen Jammer eines solchen selbstverschuldeten Geschicks schildern: ein Leid ohne Gott, ein Leid ohne Trost; wer die Qualen der armen Frau, wenn ihr Mann, statt in Aeußerungen der Reue, in Flüche und Verwünschungen ausbrach, gegen Alle, die schuldig und nicht schuldig waren an seinem Fall: gegen sie, gegen ihre Eltern, gegen sich selbst und gegen Gott und Welt? Es war fast eine Erleichterung für sie, als er von der Verletzung, die ihm jener Versuch zugezogen, wieder genesen war und in's Gefängniß abgeführt wurde, obwohl ihr diese Abführung fast das Herz brach.

Wohl bleibt die Liebe das Größeste, der letzte Keim im Menschenherzen, aus dem der Herr noch ein besseres Leben wecken kann. Karoline war ohne Glauben, denn die religiösen Trostsprüche, an denen sie sich jetzt im Versinken halten wollte, glitten an ihr ab, die Dornen erstickten jedes göttliche Lebenskorn; sie war ohne Hoffnung, aber ein Restchen Liebe für den Gatten ihrer Jugend, für den Vater ihres Kindes war unter dem Schutt geblieben, mit dem Selbstsucht und weltlicher Sinn ihr Herz verschüttet. Sie fühlte unaussprechliches Mitleid mit ihm, als das Urtheil ausgesprochen war, da nun doch der schwerste Theil einer gemeinsamen Schuld auf sein Haupt fiel, und in der ersten Gemüthsaufwallung bat sie um Erlaubniß, ihm folgen zu dürfen, um Strafe und Schmach zu theilen; eine Bitte, die freilich nicht gewährt werden konnte. Als er vor seiner Abführung in die Strafanstalt zum Abschied zu ihr gebracht wurde, als er ihr die Hand noch einmal bot, und sich mit verbißnen Lippen und niedergeschlagenen Augen abwandte, da blieb sie in verzweifeltem Jammer auf der Schwelle liegen, über die sie vor wenigen Jahren so leichtsinnig, so unbekümmert geschritten war.

Das Mutterherz war ihr offen geblieben, ein Mutterhaus gab es nicht mehr. Aber die Großmutter überlebte das Elend nicht lange, obwohl sie noch nicht alt war und von kräftiger Konstitution schien. Schon daß sie mit der Tochter in einem engen Stadtlogis wohnen, die Haushaltung ausgeben und sich aus einer Garküche speisen lassen sollte, drückte ihr fast das Herz ab, ihr eckelte vor den Speisen und sie hatte sich nie recht wohl gefühlt seit ihres Mannes Tod. Und nun noch die Vollendung des Elendes, die Schuld und Schmach des Gatten ihres einzigen Kindes, auf den sie, als auf einen »Angestellten,« doch stets mit gewissem Stolz geblickt hatte, so wenig er nach ihren Wünschen war, – das traf sie allzu schwer. Sie hatte jedes Opfer gebracht, um ihres Mannes ehrlichen Namen zu retten, nun aber drückte sie der Gedanke, ob sie nicht durch jenes Opfer das größere Elend herbeigeführt habe; sie fand kein Ende ihrer quälenden Gedanken, die verzweifelte trostlose Tochter vergrößerte nur ihren Jammer und selbst das Enkeltöchterlein konnte sie nimmer erheitern.

Karoline hatte Gelegenheit, in der Pflege der Mutter ihre versäumte Kindespflicht von früher einzuholen, während eines schleichenden Fiebers, das die Kraft der alten Frau verzehrte. Sie trug die Krankheit der Mutter mit derselben stumpfen verzweifelten Resignation, mit der sie jetzt das ganze Leben aufnahm. »Es muß noch Alles über mich kommen.« Warum es kommen müsse, wie sie dem Kreuz den Stachel nehmen könne, darüber besann sie sich nicht.

Bei der Großmutter war das anders. Sie wich ihrem eignen Herzen nicht aus, nicht dem stillen Gericht, das der Herr in den langen, langen Nächten und endlosen Tagen der Krankheit in ihr hielt. Wie gering auch ihre Fehler in Menschenaugen scheinen mochten, ihr waren sie klar: ihr Ueberschätzen der äußern Lebensgüter, ihr früherer Mangel an wahrer Frömmigkeit, an wahrer Demuth; – so blieb sie nicht liegen unter der Wucht des Kreuzes, sie richtete sich auf und trug es in stillem Sinn bis an ihr Ende.

Die Tochter begriff das Friedenslicht nicht, das der Mutter aufgegangen war und aus ihrem matten Auge strahlte; die Bibel blieb ihr fremd und todt, sie schlug nur das alte Testament auf, sie begriff Gott als Richter und Rächer, ein Heiland wurde er ihr nicht.

Die Mutter starb und Karoline fühlte mit einer Art von finstrer Genugthuung, wie sie nun ganz verlassen sei, wie eben Alles über sie kommen müsse.

All dieser Jammer zog an der kleinen Bertha vorüber, eh' sie fähig war, ihn zu fassen. Ein kurzer Frühling war dem Kinde beschieden gewesen: die ganz unbewußte Zeit der ersten Entfaltung unter der Obhut der Großmutter, wo diese sie in einen Korb gebettet mit sich trug in den schönen sonnenwarmen Garten, unter schattige Bäume auf freiem Feld, wo sie zum blauen Himmel hinaufgelächelt und mit Blumen und Steinchen gespielt hatte. Das ging bald vorüber, und düstre Gesichter, rothgeweinte Augen und dunkle Kleider waren die ersten Eindrücke, die in des Kindes erwachendes Bewußtsein fielen. Gar oft wandte sie ihre blauen Augen fragend von dem Einen zum Andern, oft strich sie mit dem kleinen Händchen über der Großmutter Gesicht, »nicht weinen, Ahne,« aber sie gewöhnte sich allmälig daran und ging still ihres Weges. Das Kind entwickelte sich langsam, weil Niemand für seine Entwicklung Sorge trug. Statt daß die Mutter gesucht hätte, es mit Kleinem glücklich zu machen, warf sie mit Bitterkeit die wenigen Sachen beiseite, die ihm noch geblieben waren: »was soll der Bettel? da drunten die Schneidersfrau richtet ihrem Kind die schönste Puppenstube ein, du armer Tropf bekommst nichts so.«

Als der Geist der Großmutter sich begann von dem Schlage aufzurichten, da war sie körperlich zu schwach, um viel für das Kind thun zu können. Stundenlang saß Bertha auf dem Bett der Großmutter und besah die Bilder des alten Gebetbuchs, ihre einzige Unterhaltung. »Mach doch auch dem Kind eine kleine Freude!« bat die Großmutter. »Ach, was Freude,« sagte die Mutter, »haben wir doch kaum Brod; besser sie wächst so auf, als daß sie einmal meint, sie dürfe auch leben wie andere Leute, und dann in's Elend kommt.«

Wer kann das allmähliche Aufkeimen des geistigen Lebens, die leise Welt der Gedanken und Träume belauschen, die in einer Kinderseele erwachen und blühen, lang eh es die Worte findet, sie auszudrücken? Und wer weiß, wie mächtig frühe Eindrücke von außen einwirken, lang eh' das Kind zeigen kann, ob es sie aufnimmt? Wie viel von unbewußter Freudigkeit, von frischem Lebensmuth, von hellen Träumen verdanken wir vielleicht dem lachenden Mutterauge, das über uns geweilt, dem fröhlichen Wiegenliedchen, das uns getönt, dem heitern Kindsmädchen, das mit uns gespielt! Das Talent zur Freude muß wie jedes Talent gepflegt werden, sonst stirbt es ab.

So war es wohl kein Wunder, daß die kleine Bertha aufwuchs, eine licht- und sonnenlose Blume, farblos im Aeußern, freudlos im Innern.

Sie kam in die Schule; kein einziges Kind hatte sie vorher gekannt, keine Mutterhand führte sie dem Lehrer zu: die Mutter schämte sich, unter Leute zu gehen, eine Nachbarin nahm sie mit; die vielen Kinder machten ihr bange, sie wurde noch scheuer und stiller als zuvor. Sie faßte langsam; als sich aber endlich mit dem Lesen und Schreiben die Pforten des Wissens für sie erschlossen, da warf sie sich mit dem stillen, zähen Eifer auf's Lernen, der die eigentlichen guten Schüler macht, die vom Lehrer gelobt und bevorzugt, von den Mitschülern geneckt und gemieden werden.

Eine fröhliche Zeit, die Schulzeit! wenn auch das erste Drangsal des Menschenlebens. Fürchtet ihre Gefahren nicht! befehlt Euer Kind dem Herrn und haltet sein Herz offen, dann aber laßt es getrost Lust und Leid dieses ersten Weltbürgerthums genießen, wenn Ihr nicht anders im Sinne habt, es sein Lebenlang in Baumwolle zu wickeln und unter eine Glasglocke zu stellen.

Unter den Schulgesetzen die in unsrer Schule alljährlich verlesen wurden, stand §. 3: »Es wird von den Schülern erwartet, daß sie die Schule still und sittsam in gehöriger Ordnung verlassen.« Ja still und sittsam! ich will nicht von den Knaben sagen, bei denen sich das tägliche Wunder wiederholte, daß unter ihrem Gepolter die Schultreppe nicht brach, nein, leider auch wir Mädchen brachen aus der Schulstube hervor wie ein Bienenschwarm, nur viel geräuschvoller, und die Lehrer waren so vernünftig und ließen das Gesetz vor Ohren gehn und begriffen, daß es die helle liebe Lebenskraft ist, die nach dem langen Stillsitzen doppelt rasch aufschnellt. Das ist nun freilich nicht so in den »Instituten« der Residenzen, wo die jungen Fräulein in Hut und Schleier nebst Sonnenschirmchen zierlich nach Hause gehen, im Bewußtsein, daß sie unter den Augen des gebildeten Publikums wandeln, ach nein, dort nehmen auch die Unarten eine gebildete Färbung an; dies Bild ist aus einer Landschule auf den ersten Stufen der Kultur, wo einmal die ersten Residenztöchterlein, die dorthin verpflanzt wurden und in Hut und Schleier zur Schule gingen, als »Paradiesvögel« rücksichtslos verhöhnt wurden.

Und die Pausen, das »Herausdürfen,« wie wir's nannten, welche Herrlichkeit! man sollte in die Schule gehen, nur um heraus zu dürfen. Welche Fülle von Spielen! für jede Saison ihr eignes. Mit den Schneeglöckchen kommt der Ball, die Dätscher oder Fünfsteine, oder wie man's nennt, später die wildern Spiele: Bock, Bock was thust in meim' Garten? Katz und Maus, der dritte Mann, das Räuberspiel, das schon nach moderner Kultur schmeckt, Kettenflechten,

Gläserspülen, Ei, wer sitzt in diesem Thurm? eine unerschöpfliche Mannigfaltigkeit, bis der einförmige Winter nur die Wahl läßt zwischen Schleifen und Schlittenfahren.

Dazwischen die minder löblichen Ergötzlichkeiten während der Schulstunden selbst, in denen die Mädchen erfinderischer sind als die schwerfälligern Buben: Bildchen malen, Papierstickerei, Perlenringe anfassen, Roßhaarketten flechten, Ausschneiden, Fleckchenzupfen, sogar Lotterien, bei denen der Einsatz eine Bohne beträgt, werden während der Lektionen im Verborgenen betrieben und machen den Lehrer desperat. Will das nicht verteidigen und danke dem Lehrer, der es mit Feuer und Schwert ausrottet; doch sind wohl diese Auswüchse Winke, daß unser Geschlecht nicht zu ausschließlich geistiger Thätigkeit berufen ist, und auch zum Wissen nicht militärisch dressirt werden kann.

Auf unsre kleine Bertha hat diese Abschweifung wenig Bezug, sie blieb diesem Treiben fast völlig fremd; zu den kleinen Gesetzlosigkeiten des Schullebens war sie zu ernst und zu unschuldig, aber auch zu den erlaubten Vergnügungen zu schüchtern und zu unbeholfen. Sie saß auf der Bank vor dem Schulhaus, als in den ersten Wochen nach ihrer Einführung die Mädchen Groß und Klein sich im Schulhof tummelten. »Spiel' auch mit!« rief ihr gnädig eine der Größern zu, für die das unbekannte Mädchen einen gewissen Reiz hatte. Bertha fügte sich in den Reihen. »Wer ist denn dein Vater?« fragte die Nachbarin, Bertha sah erstaunt auf, niemand hatte ihr je vom Vater gesagt. »Ihr Vater ist im Zuchthaus,« flüsterte ein größeres Mädchen der Fragenden zu. Bertha war wohl zu jung und zu unerfahren, um ganz die Bedeutung dieser Worte zu verstehen, aber sie verstand den scheuen mitleidigen Blick, den die Nachbarin auf sie warf, und das unwillkürliche Zurückzucken des Mädchens, die sie an der andern Hand hielt, und die Worte trafen sie wie ein Dolchstich. Sie wagte nicht, die Mutter zu fragen, sie fragte nur einmal die Nachbarsfrau scheu und leise: »was ist's denn, wenn man im Zuchthaus ist?« – »O, das ist etwas Arges, frag du nicht mehr darnach, du kannst nichts dafür, armes Tröpfle.« Sie fragte nimmer, aber sie zog sich noch mehr in sich selbst zurück.

Der Lehrer nahm sich ihrer an, und wenn diese Protektion sich auch nicht über die Schulstunden hinaus erstreckte, so richtete sie sich doch daran auf; sein Angesicht war ihr wie eines Engels Angesicht. Lernen, Lesen war nun ihr einziger Genuß, aber es machte ihr Auge nicht hell, ihr Herz nicht fröhlich, sie hatte niemand, gegen den sie eine Freude aussprechen konnte, sie dachte gar nicht an die Möglichkeit. Die Mutter saß daheim stets mit demselben finstern Gesicht und suchte aus großen und kleinen Begegnissen lauter Belege zu ziehen für die festgestellte Thatsache, daß über sie Alles kommen müsse.

*

Bertha war etwa neun Jahre alt, als sie eines Abends wie alle Abende still mit ihrer Arbeit bei der Mutter saß, da öffnete sich, ohne daß zuvor geklopft wurde, die Thür leise, langsam: auf der Schwelle stand ein Mann in abgetragenen unmodischen Kleidern. Die Mutter fuhr aus ihrem Brüten auf und sah ihn an: »Ferdinand!« rief sie mit durchdringender Stimme und wollte auf ihn zueilen, aber sie wankte unterwegs, der Mann fing sie auf, und mit lautem Weinen lagen sich die Gatten in den Armen. Es war ein herzzerschneidendes Weinen, Bertha hat es in ihrem Leben nicht mehr vergessen können.

»Ist das unser Kind?« fragte endlich der Vater und faßte Bertha bei der Hand; er schien als er sie betrachtete etwas getäuscht, sie war ein sehr blühendes, schönes Kind gewesen, jetzt war sie schmächtig und blaß. »Armes Kind!« seufzte er und schloß sie in die Arme; Bertha weinte und streichelte sanft des Vaters Stirn, sie wußte selbst nicht, daß es mit einiger Ueberwindung geschah, – jene Worte in der Schule hatte sie nicht vergessen.

In jeder tiefen Bewegung, sei sie froher oder schmerzlicher Art, gibt uns Gott ein Mittel zu geistiger Erneuerung in die Hand. Aber statt daraus Kraft für einen großen Umschwung zu schöpfen, fühlen sich die Meisten daran erschöpft und wenden sich recht schnell in die Alltäglichkeit zurück, um sich zu erholen. So hätte dies schmerzvolle Wiedersehen den Gatten zum Anfangspunkt einer neuen Vereinigung dienen können, tiefer und schöner als je ihre erste war. Es ist ein entsetzliches Gefühl für eine Frau, den Mann, der ihr Haupt, ihr Schützer, ihr Halt und Hort sein soll, in Schuld und Schande gefallen zu sehen; aber es liegt auch eine wehmüthige Schönheit in dem Gedanken, ihm mit ihrer Liebe allein zu bleiben auf der ganzen Welt, in ihrer Hingebung ihm Alles ersetzen zu können: Glück, Ehre, Freude; ein Stern, der ihn durch die Nacht dem Morgen entgegenführt.

Karoline dachte nicht daran, sich von ihrem Manne zu trennen; sie folgte ihm in die größere Stadt, in der er hoffte unbemerkt zu leben und Arbeit zu finden; aber sie folgte ihm aus einer Art von Instinkt, weil auch sie keine Heimath hatte, nicht aus dem tiefen Gefühl der Treue, die aushält bis in den Tod.

Sie richteten sich nothdürftig ein in dem neuen Wohnort und lebten von dem oft kümmerlichen Erwerb, den Sprößers Geschäfte und die Handarbeiten von Mutter und Tochter eintrugen.

Ein großes und tiefes Schmerzgefühl kann so wenig anhalten als eine hohe Freude, sie müssen nach und nach in kleiner Münze ausgegeben werden. Es gehört Kraft dazu, dem Schmerz stille zu halten, noch eine viel größere aber, stille zu halten dem Schuldgefühl, und es so mit Gottes Hilfe zu überwinden. Sprößer hatte diese Kraft nicht. In der Strafanstalt, unter gemeineren und wie er dachte schuldigern Menschen als er, war es ihm leichter geworden, sich mit Stumpfheit in sein Geschick zu finden; der Rücktritt in die Gesellschaft war schwerer. Nun wäre es Sache des Weibes gewesen, ihm das Herz aufzuthauen mit dem warmen Hauch der Liebe, ihn zu heben, indem sie ihm Achtung zeigte, ihm eine stille Friedensheimath zu gründen, wenn ihm auch sonst die ganze Welt verschlossen blieb, und es hätte ihr dies nicht so gar schwer werden sollen, wenn sie ihr eigen Theil Schuld gehörig erwog. Aber Karolinen war es nie eingefallen, in sich eine Schuld zu suchen, sie kam sich nur als das beklagenswerthe Schlachtopfer fremder Fehler vor, und hielt es für übermenschlichen Edelmuth, wenn sie ihrem Mann keine Vorwürfe machte. Sie glaubte sich dagegen vollkommen berechtigt, jeder üblen Laune, jeder bittern Stimmung den freiesten Lauf zu lassen; wer konnte das einer so unglücklichen Frau übel nehmen? Beschwerte sich der Mann über eine verbrannte Suppe, so entgegnete sie: »weiß nicht, woher ich jetzt noch delikate Bissen auftischen soll;« wünschte er, daß im Winter die Fenster der kalten Wohnung geschlossen blieben: »o freilich, nicht einmal einen Athemzug frische Luft darf man genießen! Was brauchen wir noch Luft, die ist für andere Leute!«

So war es eine herbe Treue, die bei ihm ausgehalten; und eine un-
sägliche Bitterkeit schlich sich in des Gatten Herz, wenn er in seinem Bewußtsein nicht den Muth fand, auf solche Anspielungen zu
antworten, die nicht eben ausgesprochen waren, um ihm wehe zu
thun, sondern nur in der schonungslosen Rücksichtslosigkeit des
Egoismus.

Bertha, mit einem angeborenen Sinn für das Edle und Schickliche,
empfand, ohne es zu wissen, all diese Mißlaute schmerzlich. Trotz
einer leisen Regung von Abneigung gegen die etwas gemeinen
Manieren, die der Vater angenommen, hätte sich das Kind ihm gern
genähert, er aber verstand ihre stille Weise nicht und hielt sie für
einfältig. Während der langen Kerkerjahre hatte er in der Thorheit
eines weltlichen Herzens Pläne auf Pläne gemacht, wie er wieder zu
äußerm Wohlergehen gelangen könne; als Hoffnungsanker erschien
ihm da sein Töchterlein, in dem er, wie so viele Väter thun, entschieden eine künftige Schönheit erblickt hatte, er beschloß, das
Aeußerste für ihre Erziehung zu thun. Die sollte dann in die Welt
treten, glänzende Eroberungen machen, die glänzendste darunter
fesseln und als angesehene Frau dem Vater Glück und Ehre wie-
derbringen. Nun fand er ein bleiches, unscheinbares Mädchen von
schwacher Gesundheit, in deren Natur es viel mehr lag, ihre Gaben,
die sie selbst nicht ahnte, zu verbergen, als geltend zu machen. Sein
Luftschloß fiel zusammen und er wandte sich gleichgültig von dem
stillen Kinde. Bald fand er eine Gesellschaft, die ihm zusagte und in
der er, so oft es ihm möglich war, seine Abende zubrachte.

Sein Herz wurde vollends verhärtet, seine Sitten roher und gemeiner; Frau Karoline sah nur wieder einen neuen Beweis für die
große Wahrheit, »daß Alles über sie kommen müsse,« und erging
sich recht im Gefühl ihres namenlosen Unglücks mit einer Art von
Schadenfreude gegen Gott und Welt und sich selbst. In dieser Le-
benslust sollte Bertha sich entfalten, das war die selige Kinderzeit,
das die goldenen Jugendtage, die ihr blühten! Die Schule war ihr
Glück; das war doch eine Welt, in der nicht die schwüle Pestluft des
Vaterhauses wehte, obgleich sie auch hier wie in der frühern ver-
einzelt blieb, und tausend kleine Dornen sich in ihr Herz drückten,
mehr noch in der höhern Bürgerschule, in der sie denn doch der
Vater unterbrachte, als früher in der Volksschule. »Morgen ist mein
Geburtstag!« jubelte eins der kleinen Mädchen, »ich freu' mich, die

Mutter hat schon Kuchen gebacken, und von Julius bekomm ich vielleicht ein Federrohr! Kriegst du auch Chokolade an deinem Geburtstag, Bertha?« – »Ich weiß nicht, wenn mein Geburtstag ist,« sagte diese mit unsäglichem Wehgefühl, während die Mädchen sie verwundert und mitleidig ansahen. »Am Mittwoch ist Martinstag, da machen wir dem Lehrer ein Geschenk,« wurde mit eifriger Wichtigkeit verhandelt, »bring auch etwas dazu, Bertha!« Bertha brachte daheim bei der Mutter schüchtern ihr Anliegen vor. »Geh zum Vater, sagte die kurz, er soll dir geben von dem, was er gestern noch vom Wirthshaus heimgebracht, ich habe nichts.« – »Geh zur Mutter,« rief der wüthend, »und fordere, was sie vor Zeiten in Torten und Visiten vernascht hat, davon kannst du sechs Schullehrer erhalten.« Das Kind forderte nichts mehr. Weihnacht kam, das Fest der Freude, die Mutter schenkte ihr einen Sechser: »da kauf' dir Pfefferkuchen, ich schäme mich, in einen Laden zu gehen, kann dir doch nichts Rechtes geben.«

Eine einzige Freundin gewann sie allmälig, die Tochter eines reichen Kaufmanns, die Bertha nach den Schulstunden manchmal mit nach Hause nahm. Da sah sie denn zum erstenmal eine schöne, behagliche Häuslichkeit, freundliche Augen und gemüthlichen Familienverkehr; sie kannte den Neid nicht, aber ihr Herz zog sich schmerzlich zusammen, als sie die düstre Stube daheim wieder betrat. Die Eltern der neuen Freundin interessirten sich für sie, der Vater zog Erkundigungen ein; Sprößer erhielt einen Brief von ihm, in dem er ihm anbot, »um seiner Familie willen« ihm Beschäftigung für sein Comptoir zu geben, wenn er gänzlich sich von seiner bisherigen Genossenschaft lossage und Beweise gründlicher Besserung gebe. Der Geschäftsmann sprach geradezu und bündig; diese Sprache empörte Sprößer so sehr, daß er Bertha den Umgang mit Amalien gänzlich untersagte. Bertha gehorchte ohne Widerrede; sie sah Amalie nur noch in der Schule und später in der Religionsstunde. Es kam etwas von der Mutter Geist über sie: »über mich muß Alles kommen!«

Die Zeit des Religionsunterrichts zur Vorbereitung auf die Konfirmation war ihre glücklichste. Es war ihr, als umwehe sie Heimathluft, wenn sie die Pfarrstube betrat, in der er ertheilt wurde, und mit ihren stillen Augen an dem Blick des Geistlichen hing. Der Mann meinte es redlich; aber mehr, als er hatte, konnte er nicht geben, und das Beste hatte er nicht. Er wußte schöne Gefühle zu erwecken, viel edle Vorsätze hervor zu rufen, Christus war ihm der Weg und die Wahrheit; das Leben selbst war er ihm nicht geworden. Auch Bertha's Herz erwärmte sich für Tugend und Glauben, aber wenn sie daheim anknüpfen wollte, ihre Vorsätze ausführen, ihre Gelübde erfüllen, ach da wollte es nirgends gehen; niemand verlangte ihre Liebe, niemand dankte für ihre Hilfe, niemand prüfte ihre Geduld, es gab keine Stürme, keine Wolken, die Mutter ließ den Vater stumm gewähren; seine beschränkten Mittel und der Mangel an Kredit schützten ihn vor eigentlicher Völlerei. Diese Häuslichkeit war ein Sumpf, über dem ein grauer Nebel hängt, – Bertha dachte am Ende, auch das Christenthum mit seinen erhabenen Lehren, mit seinem Frieden und seiner Seligkeit sei doch für Glücklichere als sie.

So verging Jahr um Jahr; der Frühling eines Mädchenlebens zog blüthenlos an Bertha vorüber, ohne Freude, ohne Wechsel, als etwa den der Wohnung, obwohl sie immer auf trübselige sonnenarme Zimmer beschränkt blieben. Dadurch bildete sich nicht einmal eine Beziehung zu Hausgenossen, die die Einsamkeit des jungen Mädchens unterbrochen hätte. Mit einem natürlichen Sinn für Ordnung und feinere Sitte schreckte sie auch vor den meist schmutzigen unordentlichen Haushaltungen zurück, die sie in ihren abgelegenen Quartieren traf.

Die neue Wohnung, die sie bezogen, war ein trübseliges thurmähnliches Gebäude inmitten der Stadt, und doch auf merkwürdige Weise nach allen Seiten hin blos auf Winkel und Dachrinnen gehend, mit seltsamen halsbrechenden Treppen und Entresols, als hätten alle Bewohner einst wie die Schnecke eine eigne Behausung mitgebracht und sie so zufällig aufeinander gethürmt. Mit lebhafter Phantasie hätte sich Bertha etwa die Dächer von den Häusern wegdenken und die verschiedenen Lebensbilder ausmalen können, die sich darunter bewegten; ihre Phantasie war aber nie geweckt oder genährt worden, so sah sie nur die Katzen, die herumschlichen, das Moos, das auf den feuchten Ziegeln wuchs, und selten, ach selten blickte sie nach dem kleinen Stückchen Himmel, das man von einer Seite sah.

Der Hausbesitzer war ein Schmied, der selten außerhalb der Werkstatt zu sehen war. Das Hausregiment führte die Frau mit kräftiger Hand; ihre Stimme schien sich in der Werkstatt gebildet zu haben, man hörte und verstand sie noch durch das Gepoch der Hämmer. Bertha hatte die kleinen Einkäufe für den Haushalt, überhaupt das auswärtige Departement zu besorgen und kam so am ehesten in Berührung mit der gestrengen Hausfrau; diese fand wenig Gefallen an dem stillen trüben Wesen des Mädchens, ihre noble Haltung und ihr zurückhaltendes Benehmen schienen ihr nur Bettelstolz, wenn sie damit die Art und Weise des Vaters zusammenstellte.

Bertha kannte das sonstige Hauspersonal wenig, nur ein größerer Knabe fiel ihr auf, dem sie hie und da auf der Treppe begegnete, der Lehrbursche, wie es schien. Sein mit Ruß überzogenes Gesicht war aber jeder Zeit so ganz besonders trübselig, daß es sogar Bertha auffiel, die gar nicht an heitre Aussicht gewöhnt war. Sie wagte einmal, die Hausfrau um ihn zu fragen. »Ach, das ist der Robert, unser Lehrjung, ich wollt', ich hätt' den Schlingel nie gesehen, das ist das letztemal, daß ich einen Buben von Privatleuten nehme; macht er nicht ein Gesicht wie eine Kreuzspinne, und will ich einmal, er soll mir mein Kind hüten oder Wasser zur Wäsche tragen, so sieht er vollends aus wie die egyptische Finsterniß; wer den Hochmuth nicht lassen kann, der soll brav reich bleiben,« fügte sie etwas spitz bei und schloß damit Bertha den Mund.

Sie setzte sich einmal wieder still an ihre Arbeit, um das kurze Tageslicht zu benutzen, als das Geschrei: »eine Chaise, eine Chaise!« und das Zusammenspringen der Straßenjungen sogar die Mutter an das einzige Fenster lockte, das auf die Straße ging. Da hielt wirklich ein prächtiger Staatswagen, ein Bedienter sprang von hinten herab, suchte fluchend seinen Weg auf der finstern Treppe, trat aber bald darauf in höflichster Weise in's Zimmer mit der Meldung: »Fräulein Amalie Döring und der Freiherr von Stern wünschen ihre Aufwartung zu machen.« Eh noch die betroffenen Eltern bemerken konnten, es werde ein Mißverständniß sein, öffnete sich die Thür wieder, und am Arme eines schönen Mannes, strahlend in Glück und Jugendblüthe, trat Bertha's Schulfreundin Amalie in die düstre Stube. »Nicht wahr, das hättest du nicht geglaubt, daß ich noch an dich denke?« fragte sie naiv die erstaunte Bertha; »ja glaub's mir, wenn wir uns auch seit der Konfirmation nicht mehr gesehen, ich habe dich doch nicht vergessen, aber ich konnte dich nimmer auffinden, weil ihr ausgezogen seid. Jetzt aber, nun wir Brautvisiten machen, habe ich's Gustav gleich gesagt: die Bertha müssen wir besuchen, so gut als die Vornehmsten von meinen Schulfreundinnen, und habe endlich Eure Wohnung erfahren. Und Gustav ist auch ganz gutwillig mit mir gegangen, o, er thut mir alles zu lieb, und ist gar nicht stolz!« so plauderte die arglose Amalie weiter mit der Taktlosigkeit eines Herzens, das nie Zurücksetzung gekannt, ganz glücklich im Gefühl ihres Edelmuths, mit dem sie die arme Freundin aufsuchte. Ach, sie bedachte nicht, wie der Glanz ihres jungen Glückes dem freudearmen Herzen weh thun mußte, wie der Sonnenstrahl einem kranken Auge.

Der Freiherr fühlte seiner, er unterhielt sich mit ernster Höflichkeit mit der Mutter, die aus ihrer Höhle hervorging und alle Reste ihrer Institutsbildung aufwärmte, um dem Brautpaar zu zeigen, daß die Herablassung nicht zu groß sei, während der Vater, gebildeter Gesellschaft entwöhnt, durch seine überladene Höflichkeit etwas abstieß. Das Zimmer war geordnet und reinlich, seine Dürftigkeit machte Bertha nicht verlegen, das blaue Seidenkleid, der blumengeschmückte Hut, all die feenhafte Toilette der Braut erregten kein Gefühl des Neides in ihrer Brust, aber das strahlende Lächeln, mit dem sich die Augen des jungen Paares begegneten, die zärtliche Sorgfalt, mit der der Freiherr seinen Arm um Amalie schlang, um sie auf der Treppe zu schützen, die ganze Atmosphäre von Glück und Freude, die sie umwehte, das Alles machte ihr die trübe Heimath doppelt düster, als die helle Erscheinung verschwunden war. »Du hättest auch meine Brautjungfer werden müssen, Bertha,« hatte Amalie gesagt, »aber wir feiern die Hochzeit ganz still, weil wir nach Italien abreisen, auch dachte die Mutter, es könnte dich mehr geniren, weil du niemand kennst; aber ein Andenken an meine Hochzeit mußt du doch haben, wie wenn du Brautjungfer gewesen wärest!« Das Päckchen, das Amalie ihr zurückließ, enthielt schönen Kleiderstoff; gewiß eine feine, gütige Weise, dem armen Mädchen eine Wohlthat zu erweisen, und doch that dies reiche Geschenk Bertha weh, ein Ringlein von Amaliens Haaren hätte sie mehr gefreut. Sie zürnte sich, daß sie diese Güte und Freundlichkeit nicht besser würdige, sie fühlte es als eine Sünde gegen ihre weibliche

Würde, daß dies bräutliche Glück ihr Herz verwundete, und doch mußte sie sich in ihr Kämmerlein flüchten, während die Eltern sich spitze Reden darüber zuwarfen, daß in ihrem Haus keine solche Freude einkehre, und doch legte sie den Kopf auf ihr Lager und weinte, weinte heiße, bittre Thränen, und meinte, wenn sie auch nur *einmal* im Leben wüßte, was Glück sei und Freude, nur ein einzigesmal, so wollte sie gern sterben oder – fortleben, wie sie bisher gelebt hatte.

Es war Nacht, der Vater war noch nicht daheim, die Mutter schlief, Bertha saß allein, noch mit mühsamer Arbeit beschäftigt, als sie glaubte, ein leises klägliches Stöhnen zu hören. Sie lauscht, sie hört den Ton deutlicher, er kommt vom obern Boden, den sie unbewohnt glaubte. Es war ihr so in stiller Nacht etwas unheimlich, doch wollte sie niemand unten wecken, vielleicht schlief oben eins vom Gesinde; sie nahm das Licht und stieg mühsam die steile Treppe hinauf dem Ton nach. Er kam aus einer Bodenkammer, sie öffnete ohne Schwierigkeit; da lag auf einem ärmlichen aber reinlichen Bett ein altes Weib, schwer leidend dem Anschein nach. »Kann ich Ihr etwas helfen?« fragte Bertha schüchtern. »Ach, das ist die Jungfer von drunten,« sagte die Kranke und richtete sich auf; »da haben Sie jetzt mein dummes Gemauz gehört und sind am End' davon aufgewacht! hätt's auch bleiben lassen können, hab's noch nie gethan, aber heut ist es so gar arg mit meinen Schmerzen, da wollt' ich nur einmal probiren, ob es denn nicht besser werde, wenn ich ein Bischen angse (ächze), hat aber auch nichts geholfen.« – »Kann ich Ihr gar nichts erleichtern?« fragte Bertha wieder, »ich war noch wach.« – »Ach freilich, liebe Jungfer, wenn ich nur einen Schluck Wasser hätt, es brennt wieder so, ich rüste mir's sonst immer noch hin, aber heut bin ich so gar elend heimgekommen, da konnt ich nimmer.« Bertha eilte, ihr die Labung zu bringen, die ihr sichtlich wohl that. »Ah, vergelt's Gott, Jungfer, was das wieder ein Glück ist, daß Sie mich gehört haben, ja, mir geht's doch allemal wieder gut,« und ganz befriedigt legte sie sich auf die Kissen zurück, die ihr Bertha zurecht geschüttelt. »Dank, Jungfer, das ist gar zuviel; aber nicht wahr, was das ein gutes Bett ist? das ist doch eine Wohlthat.« – »Was ist denn Ihr Leiden, kann ich Ihr nichts mehr bringen?« fragte Bertha besorgt; »ein wenig Suppe?« – »Dank, Jungfer, kann nichts bei mir behalten, 's sitzt im Magen, der Krebs, sagt der Doktor, da darf ich nichts nehmen, als ein Bischen Kaffee, aber Wasser, das thut auch gut.« – »Kaffee will ich Ihr morgen bringen,« versprach Bertha und stellte das Wasser neben ihr Bett. »Vergelts Gott, Jungfer, ich nehm's morgen mit Dank an; für später habe ich schon gesorgt, wenn ich einmal nimmer fort kann, weiß schon lang, daß es so kommt. Wollen Sie mir noch eine Güte anthun, wenn's nicht grob ist, daß ich's verlange, so lesen Sie mir meinen Abendsegen, ich hab' kein Licht.« Sie bezeichnete Bertha die Stelle im Buch, und ob auch der Schmerz ihre Züge verzog, so sah sie doch mit hellen getrosten Augen auf die Lippen des jungen Mädchens, von denen ihr die wohlbekannten Worte wieder neu an's Herz drangen. Bei allen Stellen, die vom Dank für göttliche Wohlthaten sprachen, nickte sie recht wohlgefällig mit dem Kopf und sprach das Amen mit heller Stimme. Bertha hörte drunten den Vater und sagte eilig gute Nacht.

Die strahlende Braut und das arme Weib auf ihrem Schmerzenslager mischten sich auf seltsame Weise in Bertha's Träume.

Als Bertha erwachte, wußte sie zuerst nicht, auf was sie sich freue; ach ja, dem armen Weib hatte sie den Kaffee zu bringen versprochen, das konnte sie ganz leicht von dem Morgenkaffee erübrigen. Sie theilte der Mutter ihre nächtliche Entdeckung mit und erhielt leicht Erlaubniß; »bei uns daheim freilich, da hat man die Milch maasweise verschenkt, durfte sich nicht so ein Tröpfchen vom Mund absparen.«

Die Alte empfing sie mit großer Freude. »Wie hat Sie geschlafen?« fragte Bertha. »Gar nicht, Jungfer, 's ist arg gewesen, hätt's schier wieder mit dem Augsen probirt; aber das ist ein rechtes Glück, daß ich so schöne Sprüch und Verse auswendig weiß von meinen jungen Jahren, die bet' ich alle wieder her, und halbe Predigten fallen mir oft ein, die ich schon gehört. Gegen Morgen hat's aber nachgelassen, da hab' ich von sechs Uhr an noch herrlich geschlafen, das thut gut! wenn man aufwacht, meint man, man habe die ganze Nacht geschlafen.« – »Ja, ist Sie denn so ganz allein?« – »Mutterseelenallein mit unsrem Herrgott,« antwortete das Weib getrost; »ich hab's aber wohl gedacht, daß er mir jemand schickt, wenn ich's nöthig habe; ich krieg's allemal gerade wie ich's brauche.« – »Aber Sie sollte den Arzt haben.« – »Meiner Base Mädchen dient hier, die will nach mir sehen, wenn ich nimmer fortkomme, die kann dann auch zum Doktor, er weiß aber nimmer viel. Sie wird schon kommen,« fuhr sie mit bedeutsamem Ton fort, »wissen Sie, sie erbt mich noch!« Bertha's Aug' folgte unwillkürlich dem Blick der Kranken, der wohlgefällig ihre Besitztümer in dem Kämmerlein überlief: einen dreibeinigen Stuhl, einen großen alten Kasten und das Bett, sie mußte lächeln. »Sie denken Wohl, da ist nicht viel zu erben?« sagte die Alte; »da machen Sie den Schrank auf, was ich für schön Weißzeug habe! und noch drei Stücklein Leinwand, alles ehrlich und redlich verdient, ja, man soll auch noch etwas hinter mir finden. Aber lieb ist mir's, wenn Sie den Schlüssel nehmen, ich laß ihn der Lene nicht gern unter die Hand. In dem weißen Tuch da ist Alles zum Einwickeln, wenn ich sterbe: ein gutes Leintuch und ein schönes langes Hemd; ich denke, es werde mir keine Sünde sein, wenn ich noch mit Ehren unter den Boden will; das Geld zum Begraben liegt dabei, das darf nicht angewendet werden; eh's an das geht, schick ich zu den Frauen, denen ich gewaschen habe, die lassen mich nicht im Stich, der liebe Gott wird's aber nicht so weit mit mir kommen lassen.« Unten im Kasten hatte sie noch einen kleinen Vorrath von Kaffee und Zucker, Seife u. dgl. und etwas gespartes Geld, weil ihr der Doktor schon lange gesagt, sie werde bald nimmer aufstehen können. Wie herzlich freute sie sich ihres kleinen Reichthums und wie getrosten Herzens dachte sie doch an den Tod, der sie so bald ihrem werthen Besitz entführen mußte.

Lene, der Base Mädchen, war eine modernisirte Magd in Wollmousselin, mit Plüschtasche und Sonnenschirm; sie kam einmal in der Woche, sah über das Bett der Kranken hin, und hüpfte dann weiter. Der Arzt wußte in der That nimmer viel und kam selten. Um so wohlthätiger war Bertha's Beistand und Umgang für die Alte, und Bertha fühlte sich so wohlthuend berührt von der Frische und freudigen Geduld, mit der diese bis in den Tod die schwersten Leiden trug. Sie war jeder Zeit gutes Muths und wußte stets einen Grund zum Dank. »Das ist eigentlich eine Krankheit für arme Leute,« scherzte sie, wenn sie fast keine Nahrung mehr ertragen konnte; »jetzt denken Sie, wenn ich anstatt dessen die Freßkrankheit bekommen hätte! ich habe so einen Mann gekannt, der mußte alle Viertelstunden was Andres haben, wo sollt' ich das hernehmen? Bertha war eine gewissenhafte Verwalterin ihres kleinen Schatzes, und die gute Alte freute sich kindlich, daß er so weit reichte. »Das, denk' ich immer, werde mir der liebe Gott nicht zu Leid thun, daß ich noch betteln lassen müsse für mich,« sagte sie; »ich will ja gewiß nicht hochmüthig sein, aber es wäre mir grausig recht, wenn er mich vorher heimnähme, er thut's auch gewiß.« – »Ist's Ihr denn immer gut gegangen auf der Welt, Kathrine?« fragte Bertha einst, der diese Freudigkeit ein stetes Räthsel blieb. »Nun, nicht grad' immer, was man so gut heißt, aber doch grad' so, wie ich's gebraucht habe, ich will Ihnen einmal alles erzählen.«

Wir geben diese einfache Geschichte zusammengestellt, wie sie Bertha nach und nach erfuhr.

Geschichte von Einer, der es geht, wie sie's braucht.

Mein Vater war ein armer Taglöhner auf dem Dorf, ich darf kaum sagen Bauer, wir hatten ein Kühle, eine Wiese und einen Acker; aber ich bin doch froh, daß ich auf dem Dorf aufgewachsen bin, arme Kinder in der Stadt werden viel knützer (keinnützer). Und es freut mich heute noch, daß wir arm gewesen sind, man schätzt alles viel besser. Die reichen Bauern müssen sich plagen und haben keine Freude dabei; da legen sie den vielen Dinkel hin, und besinnen sich, ihn herzugeben, bis er theuer genug ist, und wenn sie ihn zu wohlfeil verkauft haben, so kommen sie fast aus dem Häusle, (von Sinnen). Bei uns aber, da hätten Sie die Freude sehen sollen, wenn wir unsre Gerste heimführten und vom ersten eignen Brod aßen, und wenn's so schöne Aepfel auf unsrer Wiese gab, und das Kühlein kalbete. Wenn ich jetzt so dran denk', mein ich, es sei lauter Freude gewesen, das andre hab' ich freilich vergessen. Und gottesfürchtige Eltern hab' ich gehabt, das ist einem ein Segen für sein Lebtag, ich bin da so glücklich vor viel tausend reichen Kindern. Wenn man so wenig hat, das halbe Jahr nicht mehr weiß, woher das Essen nehmen, da lernt man recht auf des lieben Gottes Augen sehen, und wenn das Jahr um ist, und man ist noch nicht Hunger gestorben, das ist wie durch ein Wunder und man fängt mit neuem Muthe an.

Lang hab' ich freilich nicht genießen dürfen, wie gut's ist daheim: im zehnten Jahr wurde ich Kindsmädchen bei einer Bäuerin. Das war nun just nicht, wie ich's wollte, aber gerad, wie ich's brauchte, da hab' ich mich tummeln lernen! Hunger durfte ich nicht leiden und war den Eltern doch aus dem Futter. So oft ich die Mutter Brod heimtragen sah, freute mich's, daß sie daheim mein Theil auch essen dürfen. Die Eltern sind bald gestorben, recht in Ehren und Frieden, und wir Kinder haben sie schön begraben lassen mit einer Rede vom Herrn Pfarrer. Nun bin ich an allerhand Orten herumgekommen, wie ich's eben gebraucht hab', zuletzt zur alten Sternwirthin in B., die sonst all Wochen eine andere Magd hatte. Hab' ich geglaubt, ich sei vorher 'rumgepudelt worden, so hab' ich's jetzt noch anders gelernt; ich hab' aber gedacht, ich bleib' dir einmal und will sehen, wer's länger aushält, du oder ich. Und ich hab's ausgehalten,« fuhr die Alte mit herzlichem Lachen fort, »zwölf Jahr bin ich geblieben, und die Sternwirthin hat mich gehalten wie ihr eignes Kind. Verstehen Sie, ihre Kinder haben auch Püffe gekriegt! Wie sie gestorben ist, hat sie mir hundert Gulden baar vermacht und ein schönes Bett und einen Kasten. Gelten Sie, das ist ein Glück für so ein armes Mädle?

Jetzt wär's gescheidter gewesen, wenn ich wieder gedient hätte, prästirt hätt' ichs in jedem Haus nach der Sternwirthin. Da kam aber mein Mann seliger, der ein Mezger war, und wollte mich heirathen. Hätt's können bleiben lassen, aber ich werd's eben gebraucht haben, und es ist doch auch rar wirklicher Zeit, daß arme Mädchen einen Mann kriegen. Es war mir eine rechte Freude, als wir in unser eigen Häuslein zogen, ich hab eineweg manche gute Stunde drin gehabt, Gott sei Lob und Dank dafür!

Wenn ich nun sagen wollte, mein Mann sei nicht grob gewesen, so müßt' ich lügen; es kommt das wohl vom Handwerk, aber er fing nicht gleich mit dem Gröbsten an. An unserm ersten Buben hatte er eine Freude, daß ich weinen mußte, aber das Handwerk ging nicht gut, wir hatten zu wenig Satz (Fond), er kam zu viel hinaus und fing das Trinken an. Das war keine gute Zeit, liebe Jungfer, aber je schwerer sie war, desto mehr habe ich des lieben Gottes Hilfe erfahren. O, das weiß niemand, dem's gut geht, was es ist, wenn man sich allein vorkommt auf der ganzen Welt und es ist als hörte man im Herzen sagen: »Fürchte dich nicht, ich bin bei dir.« Und es wäre viel schlimmer geworden bei meinem Mann, wenn mir's nicht von Gott gegeben worden wäre, ihm mit Sanftmuth zu begegnen; vielleicht wäre es auch noch ganz gut geworden, wenn er nicht in gar zu böse Gesellschaft gekommen wäre.

Vier Kinder habe ich noch geboren, sie sind alle nach und nach gestorben, ich wäre dazumal oft gerne mit ihnen gegangen, aber der liebe Gott hat mich noch nicht brauchen können.

An einem schönen Morgen aber ist mein Mann fortgelaufen in die Fremde. Das war arg, und ich meinte zuerst, es sei schwerer als der Tod; aber es ist wieder ein Glück, daß er nicht in seinen Sünden gestorben ist, so habe ich doch noch für ihn beten können. Wenn er schon todt gewesen wäre, so weiß ich nicht, ob's noch geholfen hätte.

Da war ich allein mit meinem Büble, das war ihnen ein brav's Büble, aber schwächlich. Von dem Hänsle ist mir nichts geblieben, aber ich habe das Waschen angefangen, und Sie glauben nicht, was für eine große Kundschaft ich gleich bekommen habe; oft wenn ich um neun Uhr von einer Wasch heimkam, habe ich noch bis ein Uhr für ledige Herren zu waschen gehabt und um drei Uhr schon wieder fort! Meinem Büble durft' ich gar nichts abgehen lassen, er wurde so gut geschult wie ein Prinz. Und g'lirnig (leicht zu lehren) ist er gewesen! Dem seine Hefter hätten Sie sehen sollen!

Das ist auch ein Glück, wenn man an seiner Profession eine rechte Freude haben kann, und was gibts da schöneres als Waschen! Ich habe mir oft etwas eingebildet, wenn ich dachte: die vornehmsten Madamen machen nur schmutzig, du aber machst schön weiß. Wenn das schmutzige Geräth garstig in die Waschküche kam und nachher unsre Wäsche wie der frische Schnee im Grünen hing, da lachte mir das Herz, und wenn ich vollends sagen hörte: »das ist wieder die schönste Wäsche, da muß die Metzgerkathrine gewaschen haben!« – Ich denke nicht, daß mir der Hochmuth zur Sünde worden sei.

Mein Büble wurde konfirmirt, der Herr Pfarrer hat ihn so gelobt! ich wollte ihn in eine Lehre thun, er sagte immer, er möchte eben ein Uhrenmacher werden. Das kam mir ein Hochmuth vor, aber er hatte so eine geschickte Hand, der Herr Pfarrer redete mir auch zu. Gott Lob und Dank, daß ich's ihm zulieb gethan habe! Ich verkaufte mein Granatennuster und meinen seidenen Hochzeitschurz, das langte zum ersten Lehrgeld. O wie war das Büble so vergnügt, als er in die Stube mit den vielen Uhren kam, es freut mich mein Lebtag.

Der wäre Ihnen der allergeschickteste Uhrenmacher geworden, sein Meister hat es oft gesagt; aber der liebe Gott hat's besser gewußt, zu was er taugt, er hat einen Engel im Himmel aus ihm gemacht. Und einen schönen, christlichen Tod ist er gestorben, es hat sich ein Altes daran erbauen können, er hat noch ganz deutlich das Ende von seiner Konfirmationsfrage gebetet: »Herr Jesu, dir leb ich, dir leid ich, dir sterb ich, dein bin ich todt und lebendig, mach mich o Jesu ewig selig. Amen.«

Da bin ich denn allein auf der Welt geblieben, aber es ist mir nicht zu hart gegangen.

Wie haben die Leute bei dem besten Willen oft Mühe, ihr Herz in den Himmel zu schicken, wenn sie viel Gutes auf der Welt haben! das hat mir der liebe Gott leicht gemacht, hab' ich doch fünf Engel im Himmel, die auf mich warten.

Vor ein paar Jahren kam Einer aus Amerika, der sagte mir einen Gruß von meinem Mann, er war gestorben in einem Spital in Newyork, und er lasse mich um Gotteswillen bitten, ich soll ihm verzeihen, er habe es wohl eingesehen, was er an mir verschuldet; wenn es ihm besser gegangen wäre, so wäre er wieder gekommen. Nun, wenn er seine Schuld gegen mich so eingesehen, so hat er gewiß auch vor Gott bereut und er wird an keinen schlimmen Ort gekommen sein.

Es ist bald darauf gar eine gute Freundin von mir gestorben, ein christliches Weib, die habe ich gebeten, wenn sie meinem Manne in der Ewigkeit begegne, so soll sie ihm einen recht schönen Gruß sagen, und es sei schon lang Alles vergessen und verziehen.

So hat mir Gott auch diese Sorge vom Herzen genommen, und ich kann ruhig sterben. Und daß er mir noch eine so gute Jungfer schickt vor dem Tod, die sich so getreu um mich annimmt, da wär' ich gar nicht so keck gewesen, ihn nur darum anzusprechen, ich hätte auch allein sterben können, wenn's hätte sein müssen.

*

Aus diesen einfältigen Worten fiel für Bertha ein wunderbares Licht auch auf ihr freudloses Dasein, obwohl ihr eben doch wieder ihre Lage die schwerste schien und sie die Gründe zu Dank und Zufriedenheit noch nirgends sehen konnte, die die arme Wäscherin aus ihrem mühevollen Dasein schöpfte. Aber ein anderes Herz als zuvor brachte sie doch mit, wenn sie aus dem Kämmerlein der Alten herabstieg, und es war ihr manchmal, als umwehe sie selbst hier noch etwas von dem Friedenshauch, der jenes Schmerzenslager umgab.

Die Alte hatte nur einen Wunsch: »wenn ich nur Einmal noch eine rechte Wäsche mitwaschen könnte, ich weiß gar nicht, wen sie jetzt statt meiner nehmen.« Dieser Wunsch sollte nimmer erfüllt werden, und sie schickte sich auch darein: »sie werden die Liese nehmen, der ist's auch zu gönnen, wenn es gleich in der ersten Zeit nicht so schön wird, sie lernt's vielleicht noch. Lene, sag's doch meinen Frauen, ich lasse sie schön grüßen und sie sollen die Bauchwäschen ja nicht abgehen lassen.«

So starb die alte Wäscherin, treu ihrem Beruf, so gut wie ein sterbender General, der noch kommandirt mit der Kugel im Herzen. Der Bertha bestimmte sie den Rosmarin und den Nelkenstock an ihrem Fenster: »das ist das ganze Jahr eine Freude, Jungfer,« und die Bibel und das Konfirmationsbuch von ihrem Büble.

Und nun sie ihre zeitlichen Angelegenheiten geordnet, wandte sie ihre ganze Seele der nahen Heimfahrt zu. Ihr Körper war zum Gerippe abgezehrt; »'s Sterben wird keine harte Arbeit mehr sein,« meinte sie lächelnd, als sie ihre magern Glieder betrachtete. Bertha empfing mit ihr das Abendmahl, bald darauf kam der ersehnte Bote, und der Lichtstrahl aus dem geöffneten Himmelspförtlein, den der selige Bengel geahnt, schien auf dem todten Angesicht zu ruhen, so selig war sein Lächeln.

Bertha erwies ihrer todten Freundin die letzten Liebesdienste, dann nahm sie von ihrer Erbschaft Besitz und schied von der Bodenkammer, eine andre als sie einst eingetreten. Es war daheim dasselbe geblieben, aber ihr Herz war verwandelt, es brannte nimmer in vergeblichem Begehren nach irdischem Glück, nur in Sehnsucht nach dem Frieden und Genügen, das jene einfältige Seele genossen, und sie meinte, es müsse auch bei den Ihrigen anders werden. Es ward anders. Eine heftige Entzündung rieb in wenigen Tagen das Leben der Mutter auf. Sie war wenig bei Besinnung und konnte auch in klaren Augenblicken nimmer sprechen, doch sah sie Bertha und den Gatten mit sanften, fast flehenden Blicken an und bot ihnen oft die Hand. Bertha wich nicht von ihrem Lager, sie las ihr die tröstlichen Sprüche und Lieder, die sie von ihrer alten Freundin kennen gelernt, aber sie wußte nicht, ob sie verstanden werde; doch bei dem tiefen Stöhnen der Kranken gedachte sie der Worte: der Geist selbst vertritt uns auf's Beste mit unaussprechlichem Seufzen.

Der Vater war tief erschüttert, als der letzte Seufzer der Kranken verstummt war, Bertha drückte ihr sanft die Augen zu und befahl ihren Geist in die Hand des allbarmherzigen Gottes. Sie kam sich jetzt unsäglich allein vor auf der Welt; obgleich sie wenig Liebes von der Mutter genossen, war sie doch mit ihr verwachsen, der Vater war ihr beinahe fremd geblieben, sein ganzes Wesen war so verschieden von dem ihrigen.

Den Vater erbarmte des einsamen Kindes, auch hatte der ernste Gast, der Tod, ihn für eine Weile seiner rohen Gesellschaft vergessen lassen; aber Bertha fühlte wohl, daß ihn, wenn die erste Erschütterung vorüber sei, schon die Langeweile wieder in den alten Kreis treiben würde, den sie so sehr für ihn fürchtete. Was sollte sie thun, um den Vater an's Haus zu fesseln? Das arme Kind besann sich müde, ihr fiel nichts bei. Sie besaß keine schönen Talente, obgleich es ihr nicht an Gaben zum Lernen fehlte. Der Vater hörte ihr geduldig zu, wenn sie ihm aus der Bibel oder den wenigen andern Büchern vorlas, die sie im Besitz hatte, aber sie sah wohl, daß sein Wille dabei war, aber nicht sein Herz, und daß ihm dieses Stillleben gar bald entleiden würde.

In dieser Bedrängniß fiel ihr oft eine Aeußerung der alten Kathrine ein: »wir sind alleweil noch zu unkeck gegen den lieben Gott; wenn man so einen reichen Vater hat, braucht man sich nicht zu geniren, geradewegs zu bitten um Alles was man braucht.« – »Aber, Kathrine, warum hat Sie nicht um mehr Wohlstand gebeten?« hatte dann wohl Bertha gefragt. »Ja, liebe Jungfer, weil ich das nicht gebraucht hab', ich habe wohl gespürt, daß mir Reichthum nichts nutz wäre. Um was ich aber gebetet, das habe ich *Alles* erlangt, auch im Leiblichen. Ich habe gebetet: daß mir meine böse Frau, die Sternwirthin, geneigt werde, und der liebe Gott hat mir ein geduldig's Herz gegeben, daß ich mit ihr fertig geworden; ich habe oft und oft gebetet: daß er meinen Mann zur Buße rufen soll, und das ist ja auch noch geschehen; ich habe gebetet: daß er's dem Jakob, meinem Büble, gut gehen lasse, – und was kann einem Besseres geschehen, als daß ihn Gott so jung und unschuldig in Himmel nimmt? ich habe auch gebetet, daß ich nicht Bettelbrod essen dürfe, und das war vielleicht erst noch ein Hochmuth von mir, es haben ja schon brave Leute betteln müssen, und doch hat mir's der liebe Gott gewährt. Da sehen Sie!« hatte sie triumphirend geschlossen.

So wagte denn Bertha auch dies Anliegen dem Herrn zu befehlen und harrte zuversichtlich der Gewährung.

Von Kathrine, die sämmtliche Hausbewohner gar wohl kannte, hatte Bertha erfahren, daß der trübselige Lehrjunge der Sohn eines Pfarrers sei, der kein Vermögen, wohl aber zehn Kinder hinterlassen, die man nun eben bei Handwerkern auf's Billigste untergebracht habe. Sie hatte herzliches Mitleid mit dem Knaben und wünschte ihm freundlich sein zu können, wußte aber nicht wie sie das angreifen sollte.

An einem kalten Herbstsonntag Nachmittag hatte sie die Hausfrau etwas zu fragen. In einer Ecke im Gang saß der trutzige Robert mit blau gefrornem Gesicht und las. »Sie haben da kalt zum Lesen,« sagte Bertha freundlich. Erstaunt und etwas geschmeichelt sah der Knabe auf, es hatte noch niemand Sie zu ihm gesagt, und zu dem Fräulein, als der einzigen Gestalt des Hauses, die ihn an seine bessern Tage mahnte, hatte er sich stets hingezogen gefühlt. »Weiß wohl,« erwiderte er wieder mürrisch, »in der Stube kann ich nicht lesen, die Meisterin sagt: am Sonntage lasse sie uns freien Lauf, da wolle sie ihre Stube für sich, in meiner Kammer ist's noch kälter, und im Bett leidet sie's auch nicht: ich dürfe das Bett nicht auch bei Tag verderben.« Ohne Abschied eilte Bertha die Treppe hinauf zum Vater: »Vater, der Lehrjunge von drunten sitzt im kalten Gang und liest, er ist von gebildeten Eltern und scheint überhaupt nicht am Platze da, erlaubst du nicht, daß er in unsrem Zimmer lesen dürfte? es wäre gewiß eine große Wohlthat.«

Es war gar lange her, daß Sprößer um eine Gunst angesprochen wurde, so that es ihm wohl, wieder etwas gewähren zu können, und er ertheilte gnädig die Erlaubniß. Bertha flog hinunter und nöthigte auf's Freundlichste den scheuen Jungen, heraufzukommen. Er grüßte Herrn Sprößer sehr respektvoll, von seiner Vergangenheit war ihm nichts bekannt und nach Bertha's nobler Haltung hielt er ihn für einen Mann, der aus bessern Umständen durch Unglück herabgekommen sei. Sprößer, der unter anscheinender Rohheit und Gleichgültigkeit eine höchst reizbare Empfindlichkeit verbarg, empfand dies Wohl und es empfahl ihm den jungen Menschen ungemein. Bertha räumte ihm das einzige sonnige Plätzchen des Zimmers ein: das Fenster, an dem ihr Rosmarin und Nelkenstock grünte, und suchte ihn durch freundliches Gespräch heimisch zu machen. »Was lesen Sie Schönes? – »In meiner lateinischen Chrestomathie,« antwortete Robert erröthend. »Das haben Sie wohl noch bei Ihrem Vater gelernt?« – »Ja, und auch in der Schule, ich hatte nur eine Viertelstunde dahin.« – »Latein zu lernen muß etwas Schönes sein,« meinte Bertha, die in Wahrheit von strebsamer und lernlustiger Natur war; »ich habe mir's oft gewünscht.« – »Meine älteste Schwester konnte gut lateinisch,« versicherte sie Robert, »der Vater hat sie's gelehrt.« – »Können Sie mich's nicht auch lehren?« fragte Bertha.

Robert sah sie etwas verblüfft an; daß er jemand Latein lehren sollte, und vollends ein so großes Fräulein, die älter war als er, – das schien ihm wie Spott. Aber es war Bertha vollkommen Ernst. »Ich habe noch all meine lateinischen Bücher,« sagte er eifrig, »ich will sie gleich holen.«

Bald saßen Robert und Bertha zusammen an dem Fenstertischchen und studierten ernstlich im kleinen Bröder; Robert glühte vor Freude im Gefühl seiner Würde, daß er dem großen Fräulein sein halbvergessenes *mensa* doziren durfte, höchlich erstaunt, wie schnell sie alles begriff. Den Vater belustigte das Zuhören ungemein; wo der junge Lehrmeister stockte, fiel er ein mit einer Nachweisung, und Bertha fragte verwundert: »wie, Vater, du kannst auch noch lateinisch?« – »Das will ich meinen, ich bin ein eleganter Lateiner gewesen, wie sich unser Präzeptor ausdrückte, und habe noch als Buchhalter die Klassiker studirt. – Wäre gescheidter gewesen, ich hätt's immer gethan,« murmelte er wieder verdüstert. »Da können Sie wohl auch Französisch?« fragte Robert, »es wäre mein größter Wunsch, das fortsetzen zu können.«

»Dazu kann Rath werden,« sagte Sprößer wieder aufgeheitert, »aber die lateinischen Studien dürfen wir nicht gleich fallen lassen, erst müssen wir den Kornelius Nepos zusammen lesen können, dann geht's an neue Sprachen.«

Er war so gut aufgelegt, daß er Bertha Pfannkuchen backen hieß und den jungen Lehrer zum Abendessen einlud. Dies einfache Geheiß klang Bertha wie Musik; nie während der Mutter Leben war, auch über häusliche Angelegenheiten, ein freundliches Wort gesprochen worden.

Wie hätte sie geglaubt, daß in der düstern Stube so bald drei fröhliche Gesichter um das einfache Mahl versammelt sein würden! und doch war es so. Robert fühlte sich zum erstenmal seit der Eltern Tode wieder daheim, in des Vaters lang verhärteter Seele dämmerte eine Ahnung auf, was es sein könne um eine Heimath, auch war er glücklich im Gefühl, jemand protegiren zu können, – und Bertha sonnte sich an den hellen Augen der Beiden.

Eine regelmäßige Lehrstunde wurde nun festgesetzt, am Sonntag Nachmittag und an Feierabenden der Wochentage, »wenn's die Meisterin leidet,« sagte Robert wieder trübselig. »Ei, Sie müssen nur ein Bischen freundlich und gefällig gegen sie sein,« sagte Bertha zutraulich, »ihr da und dort einen kleinen Gefallen thun; eine Ehre ist der andern werth.« Robert versprach das.

Die Studien gingen in schönster Ordnung, Bertha machte reißende Fortschritte, und der Vater begann stolz zu werden auf die Talente seines Kindes. Die Meisterin fand, daß der »Trutzemokel«, wie sie Robert benannt, viel »häbicher« werde, seit er hinauf komme, und begünstigte gnädigst die Zusammenkünfte; der Vater hörte sich gern von Bertha im Scherz »Herr Oberlehrer« heißen und that sein Möglichstes, seine verrosteten Studien aufzufrischen, um sich als Autorität behaupten zu können. Man kam bald ans Französische, das für die jungen Leute mehr Reiz hatte und in dem der Vater besser daheim war, da es bei seinen Geschäften öfter vorkam. Er trieb bei einem Antiquar billige Lehrbücher auf, und auf der lateinischen Grundlage schritt die neue Sprache rasch voran. Der Vater entschloß sich, einen Buchhändler, der ihn zu Berechnungen, Streitschriften ec. bei einer Leihkasse benützt, um Darlehen von Büchern für seine Tochter zu bitten, dem dieser gern entsprach und sie noch obendrein mit allerlei defekten Exemplaren beschenkte. Sogar Versuche im Englischen wurden gemacht, die aber mangelhaft ausfielen, da die Aussprache nur aus Büchern gelernt werden konnte; der gemischte kleine Zirkel brach oft selbst in herzliches Lachen aus, wenn jedes das andre überbieten wollte in wau, thau, und allerlei kuriosen Lauten.

Daneben gab sich Bertha alle Mühe, dem jungen Schmied sein Handwerk nicht zu verleiten, sondern ihn zu Fleiß und Eifer darin zu ermuthigen. Auch Sprößer, der von seiner Amtsführung her manche technische Kenntniß hatte, machte ihn aufmerksam auf die Bedeutung und Ausdehnung, die dieses Gewerbe in unsern Tagen gewinnen könne. Mit frischem Muth und freudiger Resignation schwang Robert dann seinen Hammer und setzte seinen Stolz darein, zu zeigen, daß ein lateinischer Schmied doch auch ein rechter Schmied werden könne.

Seit Bertha sich aufgerafft aus ihrem Trübsinn, suchte sie auch in den Geschäftsbetrieb des Hauses mehr Schwung zu bringen. Die Mutter hatte sie in feinen Handarbeiten unterrichtet, die sie im Institut erlernt und jeder Zeit leider besser und lieber geübt hatte, als die Geschäfte des Haushalts. Solche Arbeiten hatten sie verfertigt und in ein Industriekomptoir gebracht, wo sie aber oft spät, oft gar nicht verkauft wurden. Bei dem stillen, düstern Wesen, mit dem Bertha die Arbeiten brachte oder das Geld holte, hatte niemand Lust, ihr guten Rath zu geben. Jetzt öffnete sie allmälich selbst die Augen für manches Neuere und Schönere, und bat um Rath und Auskunft darüber, was ihr die freundliche Vorsteherin gern ertheilte, sie bekam neue Muster, Anweisungen und Bestellungen, die sie mit geschickter Hand ausführte, so gewann sie Freude und Lust an ihrer Arbeit und der dürftige Erwerb, den weibliche Handarbeiten abwerfen, wurde etwas reichlicher.

Auch des Vaters Geschäfte verbesserten sich, seit er gefunden, welch schöne Hand Bertha schrieb, und sich von ihr helfen ließ. Er hatte sich, wie die meisten Beamten, fast absichtlich während seiner Amtsführung eine unleserliche Hand angeeignet, und in dem Stand seiner Erniedrigung diesen Fehler nie mehr ganz überwinden können. Nun aber, seit seine Schriften so schön rein und leserlich ausgefertigt waren, wurde er da und dort bekannt und empfohlen, und mit seinem vermehrten Erwerb und dem kleinen Erbe der Großmutter, das Karoline seither heimlich verwaltet hatte, um es ihrer

Bertha unverkümmert zu retten, das aber diese rückhaltlos in des Vaters Hand legte, kehrte beinahe eine Art von Wohlstand, freilich im allerbescheidensten Maßstabe, in den sonst so dürftigen Haushalt ein.

Es war dieselbe düstre Stube noch, dieselben Bewohner, der tiefgesunkene Vater, das bleiche, unscheinbare Mädchen, ohne Ansehn, ohne Freunde, ohne Jugendfreude und Genuß, und doch alles so verwandelt. An dem einen hellen Fensterlein sitzt Bertha, der Rosmarin und der Nelkenstock sind durch Roberts Aufmerksamkeit noch um einen schönen Rosenstock vermehrt worden, und so oft sie den süßen Duft athmet, denkt sie an die alte Kathrine: »das ist das ganze Jahr eine Freude, Jungfer;« sie singt wohl leise eine Weise vor sich hin, keine neue Arie, keinen jodelnden jubelnden Lerchengesang, auch kein süßes Liebeslied, aber Strophen aus den Liedern, die sie am Sterbebett der alten Wäscherin gesungen:

> Weg' hast du allerwegen,
> An Mitteln fehlt's dir nicht:
> Dein Thun ist *lauter* Segen,
> Dein Gang ist *lauter* Licht.

Dann fragt sie nach des Vaters Arbeit und ob er ihrer nicht bedürfe, auch muß er oft bewundern, wenn sie eine besonders hübsche Arbeit unter der Hand hat. Am Abend kommt meist Robert, dann ist die düstere Stube ein wahrer Fest- und Freudensaal, es wird nicht immer studirt, gar oft vergeht der Abend in zwanglosem Gespräch, Bertha spricht mit Robert nicht in dem eigentümlich herablassenden Ton, den man meist gegen heranwachsende junge Leute anstimmt, nein, geradezu unbefangen, wie eine Schwester, darum geht ihm bei ihr das Herz auf. Sie kennt längst durch ihn all seine Geschwister, die in allen Ecken des Vaterlandes zerstreut sind, sie hat ihn ermuthigt, in Verkehr mit ihnen zu treten und freut sich der verschiedenartigen Kunde, die er von ihnen bringt; für seine älteste Schwester, auf die er am meisten hält, hat sie ihm einen kleinen Kragen gestickt, was ihn überglücklich gemacht hat. Und der Vater sieht sich nun erst wieder geehrt, beachtet, geliebt und gepflegt, und sein Herz beginnt zu thauen unter der Rinde, die das Gefühl der Schmach, Trotz und Haß darum gelegt hatten.

Dieses Thauen ging freilich sehr allmälich, und Sprößer ist gar nicht über Nacht zum edelmüthigen Vater geworden, auch hat er seinen Genossen nicht Knall und Fall adieu gesagt, wie Karl Moor. Aber Liebe und Achtung für sein Kind waren fast mit einemmale in seine Brust eingezogen, und das ihm neue Gefühl der Vaterwürde that ihm zu wohl, als daß er es hätte wieder auf's Spiel setzen mögen. Die stille Verachtung, der bittere Vorwurf, der in dem stummen Trübsinn wie in jedem lauten Worte seines Weibes für ihn gelegen, hatten jede bessere Kraft in ihm zusammengedrückt, so wie sie als ein Alp auf Bertha's junger Seele gelegen war. Jetzt wurde ihm sein gemeiner Umgang nach und nach zum Eckel, und es ist selten, daß sich mit dem Bedürfniß nach besserer Gesellschaft diese nicht selbst findet.

Die stille Freundlichkeit seines Kindes, ihr geduldiges Verzichten auf Alles, was Lebensfreude heißt, beschämte ihn viel tiefer, führten ihn viel mehr zur Neue als der vorwurfsvolle Jammer der Mutter. Er fühlte wohl, daß der selige Frieden ihres Wesens, ihre freudige Ergebung nicht vom Lateinlernen komme, daß sie aus einer reichern und seligeren Quelle schöpfe, als dem Born des Wissens. Zunächst fühlte er eine unbewußte Dankbarkeit gegen die höhere Macht, die seinem Kinde für alles Ersatz biete, was Er ihm geraubt, und dann zog es ihn doch allmälich selbst zu dieser Friedensquelle.

O, es stünde gut um die innere Mission, wenn wir Alle die stille Predigt besser verstünden, die die erste Aufgabe unsers Geschlechts ist, »auf daß auch die, so nicht glauben, durch der Weiber Wandel ohne Wort gewonnen werden.«

Auch Robert half Bertha das Kleinod des Glaubens wieder gewinnen, das er aus dem Vaterhause mitgebracht und im ersten, trübseligen Lehrjahr in Verdruß und Unmuth fast verloren hatte. Die geschriebenen Predigten des Vaters waren unter die Kinder vertheilt worden, Robert hatte sie kaum angesehen, jetzt las sie Bertha mit ihm, es that ihm wohl, daß sie sich davon angesprochen fühlte, und die heiligen Worte, die ihm aus des Vaters Mund wie über das Grab herüber tönten, fanden viel leichter Eingang in seine Seele.

Arme Karoline, die du dich ein so unschuldiges und dazu noch ein edelmüthiges Schlachtopfer fremder Vergehen dünktest, hast du den Deinen nur wohl thun können durch deinen Tod? was war all deine Bildung werth, wenn von dem Sterbebett der armen Wäscherin mehr Segen ausging für die Deinen, als von all deinem ganzen Leben?

*

Robert hatte seine Lehrjahre vollendet, ein tüchtiger Gesell zog er in die Fremde hinaus, um sich den Weg zu brechen durch's Leben. Er konnte kaum sprechen vor Wehmuth beim Abschied von Bertha und dem Vater: »wenn etwas aus mir wird, so danke ich's Ihnen,« sagte er, »und wenn mir Gott eine rechte Freude machen will, so setzt er mich noch einmal in Stand, Ihnen etwas zu vergelten.«

Es erlosch ein Licht in Bertha's Stillleben mit dem Abzug dieser frischen, jungen Kraft, aber sie dachte nur an die Lücke, die sein Weggehn auch für den Vater machte und bemühte sich, die auszufüllen.

Der Vater überraschte sie mit einer neuen Wohnung, die er gemiethet: klein und beschränkt, auch in einem Hinterhaus, aber freundlich in Gärten gebettet, da lebte sie erst recht auf: Licht, Luft, Sonnenschein, Blumen und Vögelgesang genug. Es ging auch jetzt ein Tag hin wie der andre, und doch schloß sie jeden mit einem so ernst- und herzlichgemeinten Dankgebet, wie in jener Nacht die alte Kathrine. So zog gar manches, manches Jahr hin, kein Onkel aus Amerika kam mit einer Truhe voll Schätzen, kein vornehmer Gönner versetzte den Vater in Wohlstand und Ansehen, kein edler Mann entdeckte den hohen Werth der stillen Nachtviole und achtete ihn köstlicher als Gold und Schönheit.

Es war noch »Jungfer Bertha«, die dem Vater die müden Augen schloß, in dem seligen Bewußtsein, daß er als geretteter Sohn in die Vaterarme zurückgekehrt sei, aber »Jungfer Bertha« war ein Name von lieblichem Klang für manches verlassne und bekümmerte Herz, dem sie da und dort Trost und Frieden gebracht, wo es eben auf ihrem stillen Wege gelegen.

Aber einsam und verlassen war Bertha nun, so verlassen, wie nur je eine Waise. Das kleine Vermögen war zum größten Theil während der letzten Lebensjahre des Vaters, die ihn zum Geschäft untüchtig machten, aufgezehrt worden; so lag ihre Zukunft allein in ihrer Hand. Was nun beginnen? mit feinen Handarbeiten konnte sie sich nicht allein nähren, zumal da ihre Augen in letzter Zeit viel gelitten hatten; Erzieherin werden? dazu hätte sie wohl Lust gehabt, aber so sehr sie auch, in den letzten Jahren gestrebt hatte, ihr Wissen zu erweitern, – ihre Bildung war doch eine einseitige, und wenig Wahrscheinlichkeit für sie, eine Stelle zu erhalten, um die sich viele, sorgfältig für diesen Zweck gebildete Mädchen vergeblich bewarben; Haushälterin? auch ihre häusliche Erfahrung und Uebung war sehr gering, sie hatte wohl gelernt mit Wenigem auszukommen, aber nicht mit Vielem hauszuhalten, und sie war schüchtern, sich in diesem Fach anzubieten. Sie war nicht mehr so freundlich wie vor Jahren, aber ihre wenigen Freunde, selbst nicht im Stand, ihr eine bleibende Stätte zu bieten, wußten keinen Rath für ihre Zukunft.

Die Frau des proceßlustigen Buchhändlers, die sich ihrer indeß oft freundlich angenommen hatte, kam einmal zu ihr, recht profitabel. »Jetzt, Bertha, habe ich ein gutes Plätzchen für Sie gefunden, wie gemacht, eine Stelle als Putzjungfer bei Madame Nivert, da können Sie allerlei leichtere Sachen thun, die die Augen nicht verderben, haben eine gewisse Einnahme und stehen nicht so allein, auch ist es ein ganz solides Etablissement, und da Sie ohnehin in gesetzten Jahren sind ...« Ja das war Bertha in der That:

> Die Schwalb war weggezogen
> Und hatt' ihr's nicht gesagt.

Die gute Frau konnte gar nicht begreifen, warum Bertha zögre, einen so vortheilhaften Antrag anzunehmen: Bertha wußte es auch nicht zu sagen, worauf sich ihr inneres Widerstreben gründe, und so ging sie den Vorschlag ein.

Einsam war sie nun eben nimmer, sondern in einem großen Zimmer, angefüllt mit dünnen und dickern, langen und länglichten, lauten und lauteren jungen Damen, die malerisch drapirt aus Wolken von Flor, Atlas und Seidenstücken, aus Strömen von Bändern hervorschauten, in allen Arten von Unterhaltung begriffen, die oft wie Meereswellen durcheinander wogte. Ach, und an diesem feenhaften Orte, dieser Quelle weiblicher Herrlichkeit, senkte unsre arme Nachtviole das Haupt, und sie mußte ringen mit aller Macht der Seele, nicht in den alten, längst überwundnen Trübsinn zurückzufallen, nicht die langverstummte Frage wieder auszusprechen: wozu bin ich auf der Welt? Diese Gespräche, diese Beschäftigungen hatten kein Interesse für sie, nicht Eine dieser Mädchen sprach sie an, bei Keiner fand sie Anklang für das, was ihr Herz bewegte. Wie eine Ertrinkende strebte sie sich oben zu erhalten, auf der Höhe des Friedens, den sie so lange bewahrt, die trostlose Resignation ihrer Mutter drohte mehr und mehr sie zu erfassen.

Der Sonntag allein war noch ihr Halt und ihre Rettung, die ganze heilige Bedeutung des Ruhetags war ihr nie so klar geworden, wie jetzt. Da war ihr das Gotteswort in der Kirche ein Brünnlein auf dürres Land, da wiegte sie in der Stille ihres Zimmers ihr unzufrieden Herz zur Ruhe und sah ohne Klage die Fröhlichen im Sonnenschein vorüberziehen, da faßte sie sich wieder nach dem Beispiel der alten Kathrine ein Herz, und bat Gott um ein ander Plätzchen in seinem weiten Haushalt, wenn er es gut für sie finde.

An einem schönen Feiertag Nachmittag ließ ihr die gute Buchhändlersfrau keine Ruhe: »heut, Bertha, müssen Sie auch einmal hinaus, eine kleine Eisenbahnfahrt mit uns machen, Sie versauern ja ganz!« Bertha ging mit und freute sich des sonnenhellen Tages und der schönen, grünen Bäume und sah die Menschenströme an sich vorbeiziehen, wie in einem Schattenspiel. Im Waggon saß ein sehr gut gekleideter Mann ihnen gegenüber, der jedoch mehr den Stempel des gebildeten Gewerbsmannes als des Gentleman trug und kein Auge von Bertha verwandte. Frau Miller begann schon zu kichern und Bertha zu necken mit dem soliden Verehrer, als dieser sich an sie wandte: »Um Vergebung, Sie sind doch Fräulein Bertha Sprößer?« – »Ja wohl,« sagte diese, die ihn nun auch aufmerksam betrachtete, »und Sie, – sind Sie nicht?« – »der Robert!« rief dieser, »und Gott sei Dank, daß ich Sie hier finde. Wo können wir denn ruhig beisammen sein?« Die Buchhändlerfamilie, die an nichts Geringeres als an eine nahe vorteilhafte Verbindung für ihre Freundin dachte, lud ihn natürlich zu sich in den beabsichtigten Wirthsgarten ein. Da saß man denn fröhlich im Grünen beisammen und Robert erzählte seine Abenteuer.

»So wie Sie mich sehen, bin ich nicht mehr und nicht weniger geworden, als ein Schmied, aber ein rechter, und ich muß nochmal sagen, was ich Rechtes geworden bin, danke ich nächst Gott Ihnen.

Ich habe ein braves Weib und liebe Kinder« (der Buchhändler und seine Frau machten lange Gesichter), »ein schönes Gewerb und reichliches Auskommen und über das alles ein zufriedenes Herz, und ohne Sie wär' ich vielleicht nichts geworden als ein mißrathner Schmiedsjunge.« Nun erzählte er erst in aller Form, wie die tüchtige Handfertigkeit, die er dem Meister Schmied verdankte, und die Sprachbildung, zu der er bei Bertha den Grund gelegt, ihm überall die Wege gebahnt, wie er seine Kenntnisse in jeder Art vergrößert und am Ende einen englischen Fabrikbesitzer in seine Heimath begleitet und sich dort ein Schönes erspart habe, dessen er sich nun im Vaterland freuen wolle. »Nun habe ich eine feste Anstellung bei dem großen Eisenwerk in N. und bin doch ein freier Mann dabei. Meine Frau ist eine reiche Bauerstochter aus der Gegend, ein gescheidtes und ein nettes Weib, sie weiß schon lang, was ich Ihnen verdanke, und sie hat mir keine Ruhe gelassen, bis ich hieher gereist bin, um Sie aufzusuchen oder Ihren Aufenthalt zu erfragen. Unser ältestes Mädchen heißt Bertha.«

Bertha freute sich von Herzen des Glückes ihres ehmaligen Lehrers und Zöglings. Nicht ganz ohne Verlegenheit theilte sie ihm ihre eigne bescheidne Lage mit. Robert schien schüchtern, eine Bitte zu wagen, endlich faßte er sich ein Herz: »Liebes Fräulein Bertha, nehmen Sie mir's nicht übel, aber das ist kein Platz für Sie. In unserm eigenen neuen Haus ist oben ein schönes Stüblein, ganz vornehm eingerichtet, da sind meine Bücher darin, an die ich freilich herzlich wenig komme, und meine Frau sagt oft im Spaß: ›da kannst du einmal deine Fräulein Bertha hereinführen, da hätte sie's wie eine Prinzeß.‹ Wenn Sie nun, nur einstweilen als Gast, zu uns kommen möchten, ich glaube, Sie würden wieder viel röthere Backen bekommen, und vielleicht später, – ich weiß wohl, meinen Kindern allein zu lieb dürft ich Sie nicht bitten, aber das ganze Thal hinauf sind Kinderlein, des Herrn Direktors darunter, da wär's gewiß ein Dank, wenn Sie sich um sie annähmen.« Bertha versprach sich Alles zu überlegen und fragte nach seinen Geschwistern. »Alle glücklich versorgt, zwei Schwestern verheirathet, ein Bruder Pfarrer, bei dem ist die jüngste Schwester, Einer ist Notar, Einer Buchbinder, Einer Kunstschreiner und Einer Steinhauer, der Jüngste ist gestorben; und mir geht's noch am allerbesten.«

Nach vierzehn Tagen kam der Schmied und seine Frau, um die Fräulein Bertha abzuholen. Die Frau, eine blühende Dorfschönheit, mit hellen, schwarzen Augen und einem herzguten Lächeln, war lange etwas schüchtern; auch Bertha war es, bis Roberts gewandtes und treuherziges Wesen Beide zusammenbrachte. Madame Nivert war es sehr zufrieden, eine Putzjungfer zu verlieren, die, wie sie sagte, »aussah, wie die theure Zeit.«

*

Ich weiß ein schönes, grünes Gebirgsthal, das wie heller Smaragd zwischen dunklen Tannenwäldern liegt. Die Elfen freilich sind daraus vertrieben, denn es rauchen Schlote und klopfen Hämmer den ganzen Tag, aber die Poesie ist doch nicht ganz geflohen und es sind noch anmuthige Plätzchen, liebliche Waldwege übrig geblieben. Von schönen Bäumen beschattet steht, ein wenig seitwärts von den großen Gebäuden, die Schmiedswohnung, und der lustige Takt der Hämmer tönt rastlos vom frühen Morgen bis zum Abend. Ueber der Werkstätte ist eine hübsche, reinliche Wohnstube und ein rothbackiges Kindervolk stürmt fröhlich ein und aus. Oben aber, hinter dem Fenster mit weißen Gardinen geschmückt, ist eine eigne, kleine Welt, ein festliches Heiligthum für die Kinder: der Tante Bertha Stube. Die herrlichsten Blumen duften am Fenster, die anmuthigsten Bilder schmücken die Wände, Alles, was zu einer wohnlichen und schönen Einrichtung gehört, ist in dem Stübchen vereinigt. Es dürfte fast überladen scheinen von zierlichen und eleganten Gegenständen, wenn nicht alles mit dem reinsten Geschmack geordnet wäre. Die Fenster gehen hinaus in das schöne Thal an die grünen Berge, die schönste friedlichste Aussicht für ein müdes Auge und ein ruhebedürftiges Herz. Das ist Bertha's Asyl.

Ein beschauliches Leben führt aber die Besitzerin dieser Herrlichkeit nicht. Alle Thalkinder, von den Töchterchen des Direktors bis zu den armen Fabrikkindern, sind ihre Schülerinnen und trippeln Morgens mit Büchern, Mittags mit Arbeitskörbchen nach dem großen Saal, den der Direktor in einem der größern Gebäude dazu angewiesen hat. Nie ist eine Lehrerin wohl mehr geliebt und verehrt gewesen. Die Dankbarkeit der Eltern sorgt reichlich für Bertha's bescheidne Bedürfnisse, und sie weiß gewiß, daß sie zu keiner Zeit verlassen sein wird.

Marie, die Schmiedsfrau, der Bertha die höchste Instanz ist, setzt ihre Ehre darein, das Zimmer »ihres Fräulein« recht schön zu erhalten und zeigt es, wenn sie abwesend ist, Fremden als Rarität.

Nicht nur die Kinder springen Bertha entgegen, alle Armen und Kranken des Thales kennen ihren leisen Schritt, ihre leichte geschickte Hand, und manch trübseliges Gesicht wird hell, wenn sie sich über das Lager beugt.

»Was man in der Jugend wünscht, hat man im Alter genug.« Liebe und Dank, einen Beruf, der ihr Herz ausfülle, das war die brennende Sehnsucht ihrer jungen Tage, sie durfte daran nicht darben am Abend.

Wohl wird sie einsam ihren Weg gehen bis zum Ziel, aber nicht Einmal fragt ihr Herz mehr: wozu bin ich auf der Welt? warum ist nur für mich kein Glück auf Erden? Sie hat nur einen Wahlspruch: Herr, ich bin zu gering aller Barmherzigkeit und Treue, die du an mir gethan.

Über tredition

Eigenes Buch veröffentlichen

tredition wurde 2006 in Hamburg gegründet und hat seither mehrere tausend Buchtitel veröffentlicht. Autoren veröffentlichen in wenigen leichten Schritten gedruckte Bücher, e-Books und audio-Books. tredition hat das Ziel, die beste und fairste Veröffentlichungsmöglichkeit für Autoren zu bieten.

tredition wurde mit der Erkenntnis gegründet, dass nur etwa jedes 200. bei Verlagen eingereichte Manuskript veröffentlicht wird. Dabei hat jedes Buch seinen Markt, also seine Leser. tredition sorgt dafür, dass für jedes Buch die Leserschaft auch erreicht wird.

Im einzigartigen Literatur-Netzwerk von tredition bieten zahlreiche Literatur-Partner (das sind Lektoren, Übersetzer, Hörbuchsprecher und Illustratoren) ihre Dienstleistung an, um Manuskripte zu verbessern oder die Vielfalt zu erhöhen. Autoren vereinbaren direkt mit den Literatur-Partnern die Konditionen ihrer Zusammenarbeit und partizipieren gemeinsam am Erfolg des Buches.

Das gesamte Verlagsprogramm von tredition ist bei allen stationären Buchhandlungen und Online-Buchhändlern wie z. B. Amazon erhältlich. e-Books stehen bei den führenden Online-Portalen (z. B. iBookstore von Apple oder Kindle von Amazon) zum Verkauf.

Einfach leicht ein Buch veröffentlichen: **www.tredition.de**

Eigene Buchreihe oder eigenen Verlag gründen

Seit 2009 bietet tredition sein Verlagskonzept auch als sogenanntes "White-Label" an. Das bedeutet, dass andere Unternehmen, Institutionen und Personen risikofrei und unkompliziert selbst zum Herausgeber von Büchern und Buchreihen unter eigener Marke werden können. tredition übernimmt dabei das komplette Herstellungs- und Distributionsrisiko.

Zahlreiche Zeitschriften-, Zeitungs- und Buchverlage, Universitäten, Forschungseinrichtungen u.v.m. nutzen diese Dienstleistung von tredition, um unter eigener Marke ohne Risiko Bücher zu verlegen.

Alle Informationen im Internet: **www.tredition.de/fuer-verlage**

tredition wurde mit mehreren Innovationspreisen ausgezeichnet, u. a. mit dem Webfuture Award und dem Innovationspreis der Buch Digitale.

tredition ist Mitglied im Börsenverein des Deutschen Buchhandels.

Dieses Werk elektronisch lesen

Dieses Werk ist Teil der Gutenberg-DE Edition DVD. Diese enthält das komplette Archiv des Projekt Gutenberg-DE. Die DVD ist im Internet erhältlich auf **http://gutenbergshop.abc.de**

FSC
www.fsc.org
MIX
Papier | Fördert
gute Waldnutzung
FSC® C083411

Zeitfracht Medien GmbH
Ferdinand-Jühlke-Straße 7
99095 Erfurt, Deutschland
produktsicherheit@kolibri360.de